明け方の若者たち

カツセマサヒコ

幻冬舎文庫

明け方の若者たち

the end of the pale hour

産声

「ごめん、携帯なくしちゃったみたいで。番号言うから、かけてくれない?」

それが彼女から届いた最初の言葉だった。場所はこの公園からすぐ近くの沖縄料理屋。十畳ちょっとの半個室は、とにかく下品で騒がしかったのを覚えている。

彼女の声は少し掠れていて、酷く小さかった。なんとか聞き取ろうと耳を傾けると、言葉より先に匂いが届いた。石鹸が温もりを持ったような、咲きたての花のような匂い。その香りが彼女自身から発せられているものだとわかったのは、もう少し後のことだった。

もう五年も前のことになる。それでも高い解像度を保ったまま、当時のことを思い出せてしまう。あの日から始まった彼女との時間は、底の見えない沼であり、僕の人生の全盛期だった。

二〇一二年五月、東京都世田谷区明大前。

僕はこの場所から始まった淡い日々に、今も憧れを抱いたままでいる。

*

明大前は、学生街ならではの時の流れの遅さに甘えて、街自体が弛緩(しかん)していた。経済活動がすっかり停滞したようなこの街に、朱色をふんだんに使うことで「それっぽい外観」を作り出している沖縄料理屋がある。

泡盛を前面に押し出したキッチンレイアウト、堅すぎる木製の椅子、洗われていない座布団。「洗練」という言葉から程遠いその店は、「キャンパスから近いし、そこそこ美味いし、何より安い」という理由から、大学入学当初よりよく使っていた。終電を逃したときには、晩酌モードの女将さんが二階に布団を敷いてくれるものだから、常連だった僕からすると、ちょっとした実家のような場所でもあった。

その沖縄料理屋で、「勝ち組飲み」という、イヤミな名称のイベントが開かれていた。

参加条件は、第一志望の企業から四月中に内定を得ていること。幼い頃から何をしても褒められるような家庭に育ち、自己肯定感に満ち溢(あふ)れた学生が考えそうな企画だった。テニスをしないテニスサークルみたいなところに所属して、そのサークルの幹事であることをウリに内定を取ったような学生こそが、考えそうな企画だった。

その華やかすぎるイベントの参加者に、僕がいた。ほかの学生同様、内定ひとつで勝ち組を気取れた人間が、僕だった。

企画者の石田とは、語学の授業が四年間同じだった。在学中はロクに絡んだことがなかったから、相性は良くなかったのだとおもう。大学生にもなって無作為に括(くく)られたクラスメイトと群れたくなかったし、そもそも石田の瞳に僕が映っていなかったせいでもあった。

　大学に入学したての春、石田はギョロっとした目を見開いて、僕に話しかけた。

「今度、クラコンあるじゃん？　吉井が誕生日みたいでさ、俺、ケーキとプレゼント用意するから、カンパしてくんね？」

　そのクラスコンパの日が、僕も誕生日だった。ＳＮＳに書かれた誕生日欄を慌てて「非公開」に設定したあの日から、僕は石田と距離を置いて生きてきた。

　そんな石田が突然肩を組んで、鼻息荒く距離を詰めてきた。僕が内定を手にした、四月中旬の雨の日のことだった。「お前、やっぱりすげーよ。お前みたいなやつと将来仕事つくっていきたいわ」「ああ、うん、ありがとう」そのとき初めて知った。石田は口臭がひどい人間であることを。

「三十代で家を建てられるけど、四十代で墓を建てなきゃいけない」

　だいぶブラックな噂がたったメーカーに内定した石田は、座右の銘に「面白きこともなき世を面白く」とか「死ぬこと以外かすり傷」とかを挙げるタイプで、ほかにもＳＮＳで見かけるような格言はだいたい好きな人間だった。

そういう僕も当時は「レセプション・パーティ」や「ローンチ・イベント」といった類（たぐい）の言葉に密かに高揚してしまうタイプだったから、二人の価値観や人間性に、大した違いはなかったのかもしれない。

そんな石田から提案された「勝ち組飲み」に、僕は二つ返事で参加意思を表明した。もちろん石田自体に興味はない。ただ、「リリース・パーティ」のように限られた人にだけ参加権利が与えられたコミュニティに入れることを、悪くはおもわなかったのだ。

その日のうちに招待されたＬＩＮＥグループには、「勝ち組メンバー２０１３」なるタイトルが、やたらと眩しく輝いていた。

総合商社、外資金融、大手コンサル、総合広告代理店、ＩＴメガベンチャー。震災から一年は経っていたものの、二〇一二年に実施された新卒採用試験はかなりキツかった。そんな状況下でも「勝ち組」メンバーは皆、誰が聞いてもわかるような会社にばかり内定を得ていたから、最低でも運だけは強い集団と言えた。

一方、僕の就活と言えば、実は第一志望に掲げていた広告代理店に全敗し、あくまでも第一志望〝群〟だった印刷会社に行くことで決着していたから、手放しで喜べるエンディングを迎えたわけではなかった。

「クリエイティブなことをしたい」と大雑把に願った僕の夢は、せいぜいエントリーシートか二次面接止まりで散った。大手の印刷会社に内定が決まると、両親は見たことないほど喜んで、僕はその顔を見て、あっさりと将来を決めたのだった。

妥協だらけだった人生に、もう一つ妥協を押し込んだ瞬間だった。そのときから生まれた小さな違和感を〝後悔〟と呼ぶことに気付くまで、大して時間はかからなかった。

明大前の沖縄料理屋に集まった「勝ち組」は、十四名だった。

出席者はみんな黒髪で、就活終わりたてに匂いがあるなら異臭騒ぎにでもなりそうなほど、わかりやすく大学四年生の身なりをしていた。ソリューション。モチベーション。イノベーション。「言いたいだけ」のカタカナが十畳ちょっとの座敷の半個室、二テーブルの間を飛び交っていく。

二つ隣の席の女子の笑い声が、やたらキンキンと響いていた。負けじと声を張ろうとするから、より騒がしくなる。地獄絵図のようになった場内で、鏡月のボトルは、みるみる水位を下げていった。

「彼女」の存在に僕が気付いたのは、隣に座っていた石田が立ち上がり、自作の名刺を配りながら、海外留学の自慢話を始めた頃だった。

半個室の入り口から、最も遠いテーブルの奥。何人かの内定者の陰になる位置で、彼女は膝を折り曲げて、体育座りをするように座っていた。ビールがわずかに残ったグラスを、折り曲げた膝の上に置いて、持てあますようにユラユラと揺らしていた。

ぼんやりと石田の話を聞く彼女の頰には、大きく「退屈」と書かれていた。盛り上がり続けるこの場の空気には相反しすぎていて、彼女の座る場所だけ、沈んで見えた。真夏の乾燥地帯に、一カ所だけゲリラ豪雨が訪れているようだった。大きな暴風雨の隙間から、小さな陽だまりが湧いているようだった。

その存在を意識した途端、僕には彼女だけが3D映画のようにくっきりと浮かび上がって、見え始めたのだった。大振りなイヤリングがよく似合うショートヘア。幅の広い二重のまぶたは色気を醸し出していて、低い鼻と小さな口は、それらとバランスを取るように置かれていた。モデルのように華やかな印象はないけれど、各パーツの絶妙な配置によって、先天的な愛嬌(あいきょう)を生んでいた。スマホよりも文庫本が似合いそうな人だし、パスタよりも蕎麦が似合いそうだった。ＬＩＮＥよりも手紙が似合いそうだし、要するに、完全に僕の好きなタイプだった。

この日までそれなりに授業には通ってきたつもりだ。それでも彼女をキャンパスでは見かけたことはなかったから、もしかすると別の大学、もしくは別のキャンパスの人かもしれない。考えてみればこの飲み会、参加者の自己紹介すら、途中で有耶無耶（うやむや）になっていた。それもこれも、石田の冒頭の挨拶が長すぎたせいだ。おかげで彼女の名前すらわからないし、僕の名前すら、知られていない。

　リノベーション。プレイステーション。マスターベーション。ビールの空き瓶が交換されるたび、「勝ち組」たちの会話は中身を伴わなくなっていく。何も生まない議論は泡のように分解されて、濁った空気に溶けた。彼女は時折り愛想笑いを浮かべながら、じっとじっと、何かに耐えているようだった。

　会場が広くなったように感じたのは、石田がトイレに立ったからだ。さっきまで彼のテンションに引っ張られて盛り上がっていた酔っ払いたちは、「いや～石田すげえわあ」と誰に向けるでもなく言った後、仕切り直すように二、三人ごとに談笑を再開していた。僕もどこかの輪に加わろうと立ち上がったところで、彼女も同時に、腰を上げたことに気が付いた。

　空気が変わりつつあった半個室に擬態するように、彼女は壁伝いにひっそりと、部屋の入り口へ向かう。石田がいなくなったとはいえ、話題の尽きない「勝ち組」たちは、彼女の異変に気付かない。

　僕は腕に抱えられたトレンチコートとリュックを見て、今日一番興味を持てた人が、早々に帰ってしまうことを悟った。

せめて一言でも、会話くらいできたら。あわよくば、一緒に抜け出しちゃったりとか。軽い妄想を繰り広げている間にも、彼女はこちらに向かってくる。そのまま一言「お疲れ様です」とか言って、会場全体に声をかけてしれっと帰るのが、こういう人にありがちなパターンだ。きっとそんなもんだろうと諦めかけた、そのときだった。

「あれ？」

彼女はワイドパンツにつけられた前後のポケットを、ぱんぱんと叩き始めた。

わかりやすく、何か忘れてるやつ。

ポケットに目的のものがないことを確認すると、今度はリュックのファスナーを開けて、ゴソゴソと底まで腕を忍ばせる。探し物をするその様子が、なんだか滑稽に映って、見ているこっちが照れてきた。あまりにも見つからないようで、助けるべきかと声をかけようとしたところで、目が合った。

「ごめん、携帯なくしちゃったみたいで。番号言うから、かけてくれない？」

ここでようやく、冒頭に戻る。これが、僕と彼女の始まりだ。

別注で作られたような似合いすぎる黒いキャップ。細い首と鎖骨が露わになったカットソー。シルエットをぼかすように穿(は)いたデニムのワイドパンツ。

腕に抱えられたトレンチコートは、色が濃すぎないベージュで、彼女以外が背負ってもオシャレにならない黒のリュックは、少し傷んでいるようだった。

彼女は申し訳なさそうに、僕の携帯の画面を覗き込んだ。少し不安になるほど小さな顔が、すぐ横にある。放っておくと、萎んで消えて、なくなってしまいそうだった。

「番号いくつ?」と尋ねると、「０８０」から始まる十一桁の番号を、彼女は歌うように告げる。キャップ越しでも届く甘すぎない石鹸のような匂いが、ふわりと香った。僕は間違えないように、言われたとおりの番号を画面に打ち込んだ。

居酒屋で落とした携帯電話は、大体はメニュー表の下か、座布団の裏から見つかる。さっきまで彼女が座っていた場所に注意を向けてみるけれど、周りのやつらはやたらと騒いでいるし、携帯が震えたぐらいでは、気付かないかもしれない。

いっそ席まで探しにいこうかとおもったところで、隣にいた彼女が「あ」と言った。一瞬、こちらの顔色を窺（うかが）うような表情をしてから、ワイドパンツのポケットをゴソゴソと漁る。震えて光るスマートフォンが、気まずそうに顔を出した。

「え、持ってたの？」

「ごめん、ポケット入ってた」

「いやいや、探すの、下手すぎじゃない？」

あははと、彼女は力なく笑った。

「ほんと鈍臭いよね、ごめんごめん」

笑うと、目がなくなる人だった。くっきりとした二重の線は消えて、口元には、少し主張の強い八重歯が覗いていた。口元を手で隠す癖があるのは、この八重歯のせいかとおもった。

初めて僕にだけ向けられた笑顔に、心が溶けていく感覚があった。パンケーキの上に置かれたバターみたいに、じわじわと滲んで、端からやわらかい生地に、染み込んでいくようだった。温かな笑顔の余韻を残したまま、彼女は僕に話しかけた。

「ごめん、先に店出ちゃうんだけど、お金どうしよう？」

「あ、もう帰るの？」薄々わかっていても、落胆した気持ちが、自分の表情に出ていないか、心配になった。「うん。ちょっと顔出そうとおもっただけだから」

そう言いながら、彼女はリュックから黒革の長財布を取り出す。女性が持つには、少し渋すぎるデザインが、何か財布以外の別のものに感じさせた。

「んー、千円くらいでいいんじゃない？」適当に僕が値段を設定すると、彼女はありがと、と言いながら、千円札を抜き出して僕に渡す。無造作に入れられたクシャクシャのレシートたちが、ガサッと溢れそうになって、下着を見たような罪悪感に駆られた。

「じゃあ、ありがとね」「うん、おつかれさま」

静かに去ろうとする彼女に向けて、どうにか笑顔を作ってみる。会場内の勝ち組たちも、彼女の退席に気付いた。主に男性陣を中心とした野太い声で「えー！」とお決まりのリアクションが上がる。小さなライブハウスに出演したアーティストが「次で最後の曲です」と言ったときと同じ、アレだった。「笑っていいとも！」のテレフォンショッキングで、お友達紹介に移ったときと同じ、アレだった。彼女は男たちのリアクションを聞こえなかったかのように受け流して、笑顔で部屋を出て行った。

ＢＧＭが途切れがちになる沖縄料理屋の店内を、キャップを被ったショートカットが軽やかな足取りで進んでいく。わずかに覗いたうなじが見えなくなるまで、僕の視界は、ただ一点に集中し続けていた。


その後の「勝ち組飲み」については、わざわざ説明するのも面倒なくらい、最悪以外の感想がない。

トイレから戻ってきた石田は、ショートヘアの彼女がいないことを知ると「持ち帰ろうとおもったのに！」と騒いで、女性陣の反感と男性陣の失笑を買った。その後は「名刺交換のタイミングが難しい」というテーマに会場が今日イチの盛り上がりを見せ、男子数人の名刺交換コントにゲラゲラと笑い合う、くだらない時間が続いた。

愛想笑いにも疲れて、トイレに立つフリをして、半個室を出る。泡盛が並んだカウンター席に大げさに腰掛けると、ゆっくりと息を吐いた。酔い疲れたことを隠そうともせずにうなだれていると、カウンターの向かいから、女将がぬっと顔を出した。

「今日も騒がしいね」

呆れた顔をした女将が、大きな氷が入ったグラスに水を注いで、そのまま手渡ししてくれる。

ここは、入学当初から僕が愛用している、密かな休憩スペースだった。新歓コンパやクラコンで一気飲みをさせられた僕は、ひっそりとこのカウンターまで避難する。ボクシングのセコンドのように水を差し出してくれる女将が、頼もしくおもえる瞬間だった。

「まあ、いつもこんなもんでしょ」と返しながら、僕は冷えた水を一気に飲み干した。

ポケットからスマートフォンを取り出して、脊髄反射のようにSNSを開く。ゼミの同期が居酒屋で笑っている写真が、最初に目に飛び込んできた。今日は、所属するゼミでも飲み会がある日だった。見慣れたメンバーが楽しそうに騒いでいて、なぜか心苦しくなる。ごめ、内定者の集まりがあるからとマウントを取るように欠席連絡をした自分が、急に哀れにおもえてきた。

つい先ほどカウンターテーブルを通過したばかりの、彼女のことを考える。せめて名前だけでもわかれば、SNSで探せそうな気もするのに。それすら聞かなかった自分の奥手具合が、今になってまどろっこしい。「勝ち組」のLINEグループにも名前がなかった彼女は、どうしてこの場にいて、なぜすぐ帰ったのだろう。どこに内定していて、どんな人間が好きで、どんな人間が嫌いだったのだろう。

いっそ自分も帰ろうかと、カウンター席から立ち上がろうとしたところだった。日焼けした木製のテーブルの上、僕のスマートフォンが、ブブブと音を立てて震えた。画面を覗くと、送り主の名前に、さっき押したばかりの十一桁の番号が表示されている。

期待というよりは違和感を持って、通知アイコンをタップする。展開された画面には、たった一行の、シンプルなテキストが表示されていた。

「私と飲んだ方が、楽しいかもよ笑？」

その十六文字は、僕の人生で最も美しい誘い文句だった。ずっと探していた何かが見つかったような、一ピースだけ欠けていたパズルがハマるような、心地良い快楽が電気信号となって、全身を駆け回る。苦しさに似たそれが喉を突き破って暴れ出しそうになって、慌てて画面から目を離した。

つまらないパーティ会場から、出会ったばかりの男女が抜け出す。そんな王道とも陳腐とも言える展開の映画や小説を、何本か見てきた。沖縄料理屋という場面設定は、それらの作品より幾分ショボく感じた。でもこのメッセージは、僕と彼女を〝主役〟に変える、とっておきの魔法の言葉だとおもった。

わざわざ僕に電話番号をプッシュさせたのは、連絡先を交換するのが恥ずかしかったからか、それともたまたまか。たまたまにしては、あれだけしっかり確認していたポケットからスマホが出てくるのはおかしいし、やっぱり、わざとか。ってことは、最初からこうやって僕を呼び出すために、スマホをなくした、フリをした？

推理と妄想が猛スピードで膨らんで、鼻の下がムズムズと伸びる。カウンター越しでゴーヤーチャンプルーを作っている女将と目が合って、気まずくヘラヘラと誤魔化した。

「どしたの、気持ち悪い顔して」

「うるさいっすよ」

いよいよニヤけ出した口角を、隠すことも諦める。財布を取り出して、五千円札を投げやりに女将に渡した。「なに？　お小遣い？」「んなわけない。あそこの飲み会、先に二人抜けるから、これ、引いておいてもらえます？」

「あいよ」と言うと、女将は五千円札をクシャと摑んで、サンリオキャラクターが描かれた空き缶にしまい込んだ。

半個室の飲み会会場では、石田ともう一人の男が、半裸になっていた。石田は入学当初よりもさらにだらしない体つきになった気がする。

一瞥してから、自分の荷物をまとめる。

近くにいた男子に「ごめ、俺ももう帰るわ」と小声で伝えて、店を出た。さっきと違って、今度は誰も、別れを惜しまない。

五月の夜にしては冷えすぎた空気が、パーカーの隙間から入り込んでくる。火照った体がキュッと引き締まる。酔いと興奮を醒ますには、最適な気候だ。近くを走る甲州街道からは、救急車のサイレンが聞こえていた。

「いま、店でた！」

駅の方角に足を進めながら、両手の親指を、スマホに滑らせる。

冷たい風に逆らうようにフウと息を吐くと、ジョッキ三杯分程度のアルコールが、体内で急速に分解されていく。全身が緊張してきているのがわかった。

「大学の横に、小さい公園があるんだけど、わかる？　駐輪場の先」

すぐに返ってきた彼女からの連絡を見て、また心拍数が上がる。ここからだと五分もかからないところだ。通っていたキャンパスのすぐ横だけれど、小さな公園だし、初めてこの駅に来た人では、辿り着けない気もする。やはり彼女は、同じ大学の学生なのかもしれない。

「なつかしい。俺、その公園で、よく元カノとキスしてたよ」

あ、これ、ミスってる。脳が判断したときには、送信ボタンを押していた。肝心なところでセンスがないよねと、該当する元カノから注意されたことを思い出して、頬が引きつる。これから二人で会う女性への連絡としては、最低な部類に入るメッセージ。早くも後悔し始めていた。スマホは、またすぐに震えた。

「私、一度ここで、セックスしたことあるなぁ笑」

それで、なんだかもう、彼女には敵わないとおもったのだった。

そもそも何を勝ち負けとするかもわからないけれど、この、どうしようもなく低俗で下品な一往復だけで、僕と彼女の関係は、常に彼女が優位に立つのだと予感してしまった。

あらゆるものには、優劣が存在しているとおもう。平等や公平なんてものは存在しなくて、どちらかが優勢で、どちらかが劣勢で、そのバランスが安定したところで落ち着いているだけだ。たとえば多くの生き物が食物連鎖の関係に抗えないように、彼女と僕もまた、いつだって彼女が優位である。その事実を、僕はこの瞬間から、うっすらと理解してしまったのだった。

明大前は渋谷と新宿、吉祥寺を繋ぐ駅として利用され、朝・晩のラッシュではかなりの人数が行き来している。その割に街自体はこぢんまりとしていて、居酒屋も数えられる程度しかない。甲州街道を越えてしまえば、街並は一気に静かな住宅街に姿を変える。その住宅街に入ってすぐのところに、縦長の小さな公園がある。「クジラ公園」と仲間内で称していたその公園には、俗称どおりの存在感を発揮した、クジラの形をした遊具が置かれている。敷地自体はかなり小さく、十人横並びになれば手狭におもえるほどだ。

彼女がいたのは、その小さな公園だった。

「おつかれさま」

声が聞こえたのは、クジラの遊具の後ろにある、小さな滑り台の上からだった。街灯の光がギリギリ届くか届かないか、目を凝らすと、彼女のシルエットがぼんやりと浮かび上がる。

僕は足を止めて、暗闇に向けて話しかける。

「ズルいでしょ、あの誘い方」

「ん？　何？」

「スマホ、本当は、なくしてなかったでしょ」

「違う違う。本当に、なくしてたよ」笑いが混じった声は、相変わらず少し掠れていて、彼女の姿をそのまま表したような、やわらかい消極性が感じられた。

「本当に？　あんなあざとい誘い方あるのかって、びっくりしたんだけど」

「たまたまだよ。着信履歴に、残ってたから」

今度は少しわざとらしそうに、えへへと笑う声がする。

こっちおいでよと、彼女のシルエットが小さく腕を振った。僕は招かれるまま、滑り台の階段を一息で上る。

「はい、おつかれ」

彼女は飲みかけのトリスハイボールを僕に渡した。横に置かれた一番小さいサイズのコンビニ袋から、おもむろに同じものを取り出して、カシュとプルタブを開ける。どうして飲みかけのやつが俺なの、とツッコむのも野暮な気がして、黙って乾杯を促す。

「変な飲み会、おつかれさまでした」

「うん、乾杯」

べん、と、アルミ缶のぶつかる音がする。

彼女の飲みかけのハイボールを口に含むと、エチケット気分で口に入れていたミンティアがアルコールの濁流にのみ込まれていった。

「ハイボール、好きだった？ 勢いで買っちゃったから、飲み終わったらコンビニいこ？」

「ん。あっち、まっすぐ行ったら、ミニストップあったはず」

あれ、ローソンだったっけ？ と濁したところで、なつかしいと彼女は続けた。

なつかしい、ということは、やはり初めてではないから、同じ大学だろうか。明大前のキャンパスは、大学三年になってからほとんど通わなくなったし、なつかしい、と感じる気持ちも、わからなくはなかった。

ハイボールを飲み終えるまで、僕らは「勝ち組飲み会」について、ひたすら悪口を並べて遊んだ。「きっと入社してから苦労するんだよ、ああいう場に参加しちゃう、私たちみたいな人間は」自虐も含めて話す彼女は、内定という事実だけで浮かれて踊れるほど、浅はかでも愚かでもない大人だった。行くはずだった友達が風邪で行けなくなったからと、数合わせで呼ばれた彼女が、僕にはあの場にいる誰よりも魅力的におもえていた。それまであの場に参加する自分をどこか誇らしくおもっていた僕は、彼女の苦言を聞いたその瞬間から「レセプション・パーティ」や「ローンチ・イベント」に参加するようなタイプの人間を、大嫌いになろうと決めた。誰からも賞賛されるような存在になるよりも、たった一人の人間から興味を持たれるような人になろうと決めた。

ファミマだったらファミチキだし、ローソンだったらからあげクンだけど、セブン-イレブンだけはレジ前の定番商品がない気がしない？　あ、でも、意外とアメリカンドッグが美味しいかあ。でもでも、セイコーマートのレジ前クオリティには結局勝てないから、やっぱセコマが最強だよね。日本人なら、一度は北海道に行くべきだよ。すごいよセコマ、ほんとに。

　クジラ公園からコンビニに向かう途中、彼女は彼女の中に確立されたコンビニ論を展開させた。飲み会のときはあんなに静かだった彼女は、二人になると饒舌で、二人のときの方がよっぽど魅力的で、積極的だった。僕らはお互いの話のほぼ全てに同意の相槌を打ちながら、夜の住宅街を踊るように歩いた。

　彼女のコンビニ論で一切登場しなかったミニストップには、パートとおもわれるおばさん店員と、コピー機を延々と働かせている学生以外、誰もいない。

彼女が好きだと言って真っ先に手に取ったミミガーと、僕の独断で選んだコンソメ味のスナック菓子をカゴに放り込んだ。それから三五〇ミリリットルのストロングゼロが二本と、スミノフに、ウーロンハイ。それぞれ好きなものをカゴに入れるたび、右手の指先に重みが加わり、熱が籠る。

初対面の彼女がどんなものに興味を示すのか気になって、僕は細心の注意を払いながらミニストップ店内を回った。レジで会計しようとしたら、パートとおもわれたおばさんは、店長だったことを知った。

ビールだったらモルツが好きでね、それもプレミアムじゃないやつなんだ。海外のお酒なら、定番だけどシンハー。クラフトビールもいいんだけど、匂いがちょっとダメでね。私、鼻がきかないんだけど、なぜかビールの匂いだけわかっちゃって。なんか、アル中みたいで恥ずかしいや。

ミニストップからクジラ公園へ戻る間、彼女は彼女の中に確立されたビール論を展開させた。

あとから気付いたけれど、彼女には、彼女の中に確立されていることがいくつもあった。確立されてはいるけれど、時に嗜好の変化や習慣の遷移が起きて、大好きだったものが大嫌いになるくらい、それらは激しく変動することもあった。僕は彼女の嗜好がアップデートされるたび、彼女と同じものをおもいきり好きになったり、おもいきり嫌いになったりした。

さっきまでハイボールを飲んでいたクジラ公園まで歩く。数少ない街灯を過ぎるたび、二人の影がウニウニと伸びては薄くなって消えた。それを見て彼女が「なんか宇宙人みたい」と言った。「地球は慣れましたか？」「ややこしい星ですよね、いろいろと」少し疲れた声で返した彼女の横顔は、ヒトとは思えないほど綺麗だった。

「なんでさ、抜け出したのに、わざわざ飲み直そうとおもったの？」

さっきまで二人でいた滑り台まで戻って、乾杯し直したところだ。僕はここまでずっと疑問におもっていたことを、ストレートにぶつけてみた。彼女の反応が見たかったのもあるし、誰でもよかったのか、僕を選んでくれたのか、真意が気になってもいた。コンビニに向かった二十分の間に、さらにこの公園は、暗くなっていた。

彼女は少し困った顔をしてから、えへへと誤魔化すように笑った。

「あんなに騒がしいのは嫌だなあっておもったけど、でも一人で飲み直すのも、寂しいじゃん？」

「うん」

「で、スマホ見たら、着信履歴が残ってて」

「それで、誘ってみたの？」

「やっぱり、ダメだったかなあ？」

その笑顔はあざとさに満ちていた。核心には触れないように上手に聞き返した彼女は、僕の好意にすでに気付いているようにもおもえた。「いや、ダメじゃないけど」と返しながらストロングゼロで唇を濡らすしかなかった僕は、彼女の真意に辿り着くことができないまま、この話題は終わらすほかないと悟った。

「でも、来てくれたの、嬉しかった」

満足そうに言う彼女は、改めて僕に乾杯を促した。

「あ」で表すのもどうかとおもうほど、クジラ公園での時間はあっという間に過ぎた。僕らはどうして今の内定先に決めたのかという話題から、青春時代を彩った音楽はＲＡＤＷＩＭＰＳの三枚目と四枚目どちらかという議論まで、二人の青春時代の共通項となるものを一つずつ探り合うように話し続けた。

彼女は僕と別のキャンパスに通う大学院生で、来年の春から、途上国の素材でバッグなどを作る小さなアパレルブランドで働くことが決まっていた。将来はド派手な洋服が似合うようなおばあちゃんになって、歳をとることを楽しめる大人でありたいと、素晴らしい夢も語った。先輩なのだとわかって敬語で話そうとしたら、絶対にやめてくれと、ものすごい剣幕で怒られた。

アルコールの助けもあったからか、静かすぎる夜の公園に、僕らの声は休む間もなく響き続けた。途中、犬を散歩させている老人と、会社帰りとおもわれるサラリーマンが通過しただけで、あとは本当に僕ら以外、誰もいない時間が続いた。

「そろそろ、終電かも」

スマホを見ながら言う彼女に、どこか名残惜しさが見えた気がした。本心までどうかはわからないし、そうあってほしいと願った末に見た幻かもしれない。とっくに飲み干したはずのスミノフの瓶を、逆さにして振っているところを見ると、名残惜しいのは僕との別れよりも、飲酒の時間かもしれなかった。

「じゃあ、帰りますかね」

「んんー、ちょっと酔っ払ったなあ」言われてみれば、少し頬が赤い気がする。この薄暗い場所では、正確な判断も難しい。

「大丈夫？」

「うん、全然平気。このくらいの方が、かえって冷静でいられるかも」

その発言に、ほんの少しガッカリしている僕もいる。

「素面(しらふ)じゃやってられないことが、多すぎるよね」

「わかる気がする」

彼女はキャップを被り直すと、大きく伸びをしてから立ち上がった。黒いリュックはやたらと重そうで、彼女を地に引き込もうとするかのように、ズッシリと背中にぶら下がっていた。


駅までの帰り道は、さっきまでひっきりなしに会話を続けていた二人とはおもえないほど、静かだった。とはいえまるっきり沈黙していたわけではなくて、彼女はずっとミスチルの『innocent world』を鼻歌混じりに口ずさんでいて、僕はその声に、ただ聴き惚れていた。

「また何処かで会えるといいな、だってさ」

「うん。なんなら、今夜でもいいよ」

「今夜?」

「家帰って、シャワー浴びて、パジャマで合流すんの。パジャマ会」

「ああ、そういう意味か」

「どういう意味だとおもったの」

「なんでもない」笑う彼女の声が、甲州街道の騒音にかき消される。

「全然イノセントじゃないこと、考えてたっしょ」

「うるさいよ、めちゃくちゃイノセントだよ、私」

まるで初対面に感じさせない、阿吽の呼吸があるように感じた。会話の波長が合うだけで、人はこんなにも心地良い気分になれるものかとおもった。だとしたら、これまで付き合ってきた元カノたちとはなんだったのだろうかと、過去を疑った。

僕は脳内をピリピリと刺激している甘い感覚の正体が知りたかった。これまで「恋だ」とおもっていた感情とは、似ているようで明らかに違う何かが、心の奥底で、激しい産声をあげていた。

改札をくぐってからも、僕らはしばらく駅の端に立って、立ち話を続けたり、ホームへ疾走するサラリーマンを眺めたりしていた。彼女の最終電車の方が早いことがわかると、その電車がホームに滑り込むギリギリまで、改札横から離れないでいようとする二人がいた。その空気は、柑橘類の匂いをおもいきり嗅いだときに脳の奥がツンと甘くなる、あの感じに似ていた。この日まで、駅の改札で抱き合ったりキスをしたりしているカップルを冷笑してきた僕は、この夜初めて、数多の恋人たちの気持ちを、寸分違(たが)わず理解できた気がした。

「あのさ、LINEとか、聞いていい？」

今なら聞ける、とおもった。ここを逃すと、次がない気もした。

「あ、うん、もちろん」

二人でいる間はできるだけ見ないようにしていたスマートフォンを鞄から取り出すと、彼女も、先ほど居酒屋でなくしかけたばかりのスマートフォンを、大事そうにポケットから取り出した。

LINE IDを交換すると、今より髪の長い彼女の写真がアイコンとして表示された。それまで味気なかった携帯が、満を持して生まれた愛くるしい生き物のように、愛おしい存在として生まれ変わった気がした。

「ありがと。じゃあ、またね」

最終電車が、彼女を迎えにくる。改札前は、名残惜しさを包んだ空気がパンパンに膨らんでいた。「また、飲みいこ?」寂しさや悲しみをできるだけ遠ざけるように言うと、「うん、絶対」と、彼女も笑顔を返した。その笑顔が嘘じゃないなら、たとえ他の全てが嘘であっても許せそうな気がした。

ホームへ向かう階段を、彼女が上っていく。たまにこちらを振り向くと、大きく手を振った。姿が完全に見えなくなるまで、何度もそれを繰り返して、僕らはお別れをした。

井の頭線の電車を降りて、家路につく。空を見上げると、月がやたらと大きかった。ハナミズキの白い花が見えた。その木に帰っていく鳥が、チチチと鳴いた。風がやわらかく吹いていた。それが、僕たちの出会った夜だった。

下北沢は湿ったアスファルトの上で静かに光る

記憶を呼び起こすスイッチというものが、世の中にはいくつも設置されている。

定食屋で流れたJ-POPを聞いて、受験期の校舎の空気を思い出すことも、キンモクセイの香りを嗅いで、幼少期に住んでいたアパートの自転車置き場を思い出すことも、全てはこのスイッチによって過去と現在が強制接続された結果だ。

僕に付けられた「彼女を思い出してしまうスイッチ」もまた、田舎町で見られる星の数と勝負できるほど、たくさんあった。たとえば綺麗な満月が見えたくらいで、脳内には鮮明に彼女の横顔が描かれた。コンバースオールスターを見かけただけで、小さな足はささくれまで見えるほど、高い解像度でまぶたの裏に映った。

いくつものスイッチのうちの一つに、「雨の日」というものもある。

雨が降った日には、彼女を思い出すことが多い。なぜかと振り返ってみれば、霧雨でも、台風でも、大抵の雨の日は、なぜか二人でいることが多かったからだ。

彼女との初デートも、初めて夜を明かした日も、今おもえばそこには、雨が降っていた。

＊

「演劇好き？　観に行かない？」

彼女からＬＩＮＥが届いたのは、明大前で出会った夜から三日後のことだった。再会するための口実をどうにか見繕おうとしていた僕にとって、突如届いた彼女からの誘いは、大げさに言えば、遠い海や星を越えて届いた、奇跡の手紙のようにおもえた。

すぐに返事をするのもなんだか暇におもわれそうで、しっかり十一分あけてから、既読をつける。明大前からの帰り道、「楽しかったです」と、お互い敬語で送り合ったきりになっていたやりとりに、絵文字もスタンプもない短い文章が、追加されていた。

どんな返事を送ろうか迷った末、「行きたい行きたい。最近見てないし！」と当たり障りのない一行を送る。本当は、演劇なんて好き嫌いの判断もつかないほど、見たことがなかった。

僕は文化的な趣味を一切持たない親から生まれた。劇場や美術館に連れて行ってもらったことはなかったし、演劇部の友人を持つこともなかった。過去に観に行った舞台は高校の修学旅行でプログラムに組み込まれていた劇団四季の「ライオンキング」だけで、その壮大さには感動したものの、それ以降も観劇とは無縁の暮らしをして、今に至った。観劇という趣味は僕にとって、まさに「ライオンキング」のように壮大で、身近にはない崇高なものだった。

好きでも嫌いでもないのだから、劇の内容がどのようなものであっても構わない。わかりやすく笑えるコメディや現代劇なら嬉しいけれど、シェイクスピアの四大悲劇がどれかもロクに言えない僕なのだから、どんなものを観てもそれなりに楽しめるのではないかとさえ考えていた。

なにより、薄暗くなった劇場の隣の席に彼女がいる。その官能的で緊張感のある空間を、ただ味わってみたかった。演劇に対してどこまでも不誠実な態度で当日を迎えた。彼女がそれを「デート」とおもっていたかはわからない。でも、「下北沢で観たい舞台があるから」と日時・場所まで指定されたＬＩＮＥは、僕にとっては紛れもない初デートの誘いだった。

彼女が当日の集合場所に指定したのは、下北沢駅から徒歩二分、本多劇場の階段から直結している「遊べる本屋」こと、ヴィレッジヴァンガード下北沢店だった。「サブカルの入門じゃん。知らないの？」と友人からマウントを取られた高校三年の夏以降、僕はこの店に多大なコンプレックスを抱いている。

地元の書店では見たこともない漫画やカルチャー誌、廃墟の写真集、ジブリの名曲をジャズアレンジしたＣＤ、真顔では使えなそうなアダルトグッズ、忘年会以外に着るタイミングがわからないプリントTシャツ。この店は「本屋」という概念から逸脱するように、明らかに雑多な商品群を、何らかの軸や筋、文脈をもって陳列している（もしくは、そうおもわせている）。

濁流のように溢れる情報を「ふうん、なるほどね」と知った顔をしたり「ほお、そうきたか」と熟練ぶったフリをしたりして歩くのが、僕なりのこの店の嗜み方だった。

店内は迷路のように混沌とした形状をしていて、その複雑さこそがウリだ。待ち合わせスポットとしては最難関のようにおもえた。そこをあえて指定してくる彼女にもまた、この店に対する嫉妬や羨望に似た感情を抱いてしまう。なんか、ズルい。いつもそうおもわせてくるのが彼女であり、この店だった。

「店内で待ち合わせするの、ムズくない？」

「いいじゃん、先に見つけた方が勝ち、ってゲームにしよう？」

待ち合わせに勝ち負けなんてあるかよ、とおもいながら、無邪気な彼女の発想にニヤけた。「絶対先に見つける自信あるよ」と返事を打って、ＬＩＮＥを閉じる。僕と彼女の小さなかくれんぼが始まった。

いくつかのお香と古着の匂いが混じったような、ほんのり甘い香りがする。ヴィレッジヴァンガードは、どの店舗に行ってもだいたいこの匂いだ。

相変わらず情報量が多い店内に目を慣らしながら進むと、ボサノヴァ風にアレンジされたスピッツの『ロビンソン』が小さなスピーカーから流れている。少し鼻にかかる歌声を響かせる女性ヴォーカルが、この店の雰囲気によく似合う。目線をおろすと、海外アニメのキャラクターみたいなキーホルダーがこちらを馬鹿にするように笑っていた。

さらに二十歩ほど歩く。今度は別のミュージックビデオが流れていて、キンキンと張り詰めた声をした男性ヴォーカルが、マイクに嚙みつきそうな勢いでサビを歌っていた。この店特有の黄色い手書きのポップを眺めながら、アーティストの名前をスマホのメモ画面に入力してみる。

タワーレコードやツタヤといったレコードショップでは見たことがなかったアーティストが、ヴィレッジヴァンガードでは最前列に陣取っていることがよくある。クラスメイトが知らないであろう音楽と出合うだけで、学生時代の僕の承認欲求はひたひたと満たされた。今おもえばそれも、神保町ジャニスやディスクユニオンといったレコード専門店が、当時の僕にはハードルが高すぎた結果、辿り着いた妥協点なのかもしれない。

彼女との約束の時間までは、まだ少し余裕があった。僕は磁場の狂った樹海のような店内を彷徨いながら、彼女と会ったらまずどんな話題から切り出そうかと、ひとり妄想にふけっていた。

気付けば足は、女性の肌がやたらと強調された写真集コーナーに辿り着いている。ほぼ全裸の女性モデルが、「オシャレでしょ？」とあざとく問いかけてきて、エロとオシャレの境界線みたいな場所に、なんとなく居心地が悪くなる。引き返そうとしたそのときだった。

「へえ、そういうのが好きなんだ？」

完璧に最悪なタイミングだった。細くて、やわらかい声。明らかに意地悪な顔をした彼女が、グラビアコーナーの角に立つ僕を見て、ニヤついていた。

「いや、違くて。この子、知り合いだったんだよね」

巨乳の美人をそれとなく指差しながら、彼女から視線を外す。もちろん、表紙の女性には、何の面識もない。

「へえ、知り合い。うちの大学の子？」

「いや、全然！　遠い知り合い、って感じ？」いや、そもそも、知り合いではないんです。

「へえー。おっぱい大きい子、好きなの？」

「いや、そんなことないけど。ねえ、真昼間から性癖チェックするの、やめない？」口角をわざとらしく上げて「おっぱいかあ」とニヤつく彼女の後ろを歩きながら「ほんとやめろ」とツッコんだ。

この前と同じ黒のキャップ。でもこの前とは違う、丈の長い真っ黒なワンピース。何度か脳内でシミュレーションした感動的な再会シーンとは全く異なる形で、僕らは再び出会った。小さなかくれんぼは、僕の敗北で終わっていた。

本多劇場の前を通過することは何度かあっても、中に入るのは初めてだった。

入り口前でチケットの確認を済ませると、天井がやや低い、少し圧迫感を覚えるロビーへと通される。開演初日と彼女が言っていたのもあり、開演前のロビーフロアはとても混雑していた。物販コーナーの近くでは、パンフレットとキャストのブロマイドを購入しようとする観客で、大きな賑わいを見せている。酸素が外気の半分に設定されたように薄く感じて、どうにも息苦しい。

彼女は立ち止まることなく、客席へ続く分厚い扉に手をかける。僕は場慣れしていないことを気付かれぬよう、できるだけ余裕を持ったフリをして、ドアマンのように後ろから扉を引いた。

外観から想像していたより、よっぽど大きな劇場だった。二階席まではないものの、後方から見れば、演者の表情まで確認するには少し難しいほど、奥行きと高さがある。客席はすでに半分ほど埋まっていて、みんなこの場に慣れた、文化的な顔つきをしていた。

僕らに用意された席は、真ん中より少し後方、端っこの二つ。彼女にどちらに座りたいか尋ねられ、「好きな方を」と答えると、僕の右隣に座った。座るなら右側を選ぶ人なのだと、脳に刻み込んだ。

「結構大きい劇場なんだね」

「今回のやつ、演出家が有名な人なの。普段はもっと大きな会場ばっかりだから、このくらいのハコは、余裕で埋まりそう」ワンピースがシワにならないように、手で体のラインをなぞりながら、彼女は続ける。

「小さい劇場だと、本当に狭いんだ。中目黒のウッディシアターとか、行ったことある？」

「行った気がするけど、どんなんだったっけ？」

もちろん行ったことがない僕は、小さな嘘を着々と積み重ねる。

「堅い木の長椅子に、薄い座布団が並んでるだけ。足組むこともできないまま、二時間ぎゅうぎゅう詰めのやつ」

「あー、行ったこと、あったかな」

「それでもまだ大きい方なんだけど、でも小さいハコも、楽しいよ。舞台って、映画よりはライブに近いとおもっていて、ハコが小さいとそのぶん、演者とお客さんの熱量が一体になっていく感じがするのね」

「おおー、なるほど？」

「私は、その感じも好き」

好き、という言葉を愛おしそうに使う人だった。そんな人の好きな人になりたいともう僕がいた。シェイクスピアの四大悲劇すらロクに答えられない僕の存在は、ヴィレッジヴァンガードにいちいち憧れを抱かないであろう彼女の目に、どのように映っているのだろう。開演を告げるブザーが、僕らの会話を遮るように鳴った。

＊

本多劇場を出ると、梅雨の予行演習のような雨が降り始めていた。街はここのところ外れがちな天気予報に辟易（へきえき）としながらも、慣れた手つきで店先に、雨除けのビニールカバーを垂らしていく。

　重たく曇った空を二人で眺める。傘を買ってちょっと歩こうかと提案したのは僕からで、彼女はそれに快く同意してくれた。コンビニのビニール傘は在庫をかなり減らしていて、この雨が少し前から降っていたことを物語っている。

　残り少なくなったビニール傘を二つ買ってコンビニを出ると、キャップから覗く大きな瞳に向かって、「どうでした？」と劇の感想を尋ねる。僕の感想が彼女の意にそぐわなかったら申し訳なくて、先に聞くことだけは決めていた。

　劇は、部分部分で楽しめる要素は確かにあったものの、没入するには至らず、モヤモヤとした気持ちを残して静かに終わった。二度のカーテンコールで客席に姿を見せた演者たちは、遠目から見ても清々しい顔をしていて、それが尚更、違和感に繋がった。


　劇の冒頭、舞台の両脇から十五人ほどの役者が出てきて、すれ違う。役者たちが交差する間際、オフィスカジュアルに身を包んだ女性だけが、突如客席に体を向けた。

「昨日もだよ！　昨日も同じ道を歩いてた。一昨日だって、その前だって、何カ月も、何年も前だって、私はこの道を行ったり来たりしてる。ほかにいくらでも道は広がっているはずなのに、ただ会社から指定された定期券に従って、通勤経路を辿って、アリのように家とオフィスを行ったり来たりするだけ。何の意味がある？　この行動に！　替えなんていくらでもいる、この生き方に！」

　雑踏の中心で叫ぶ女性に対して、会場は異質な存在を受け入れきれないように、沈黙を貫いた。複数の通行人役の演者たちは、主人公を見ることもなく、その場に静止している。

「いくら声を荒らげたって、誰も救ってくれないことも知ってる。それが大人ってことだもん。じゃあ、あのとき、私が夢見てた将来は、どこに行ったんだろ。あんなにキラキラしてたはずの未来は、どうして現実になってみれば、こんなにくすんで、魅力を失っちゃうんだろう。みんな、忘れて大人になるのかな。大人ってそういうことなのかな。いまだに諦めきれないのは、私だけなのかなあ！」

　序盤から、怒濤の長ゼリフが続いた。強い言葉と露骨なメッセージ性に、気恥ずかしさすら覚えて目を背けたくなる。早くも興醒（きょうざ）めしかけている僕がいた。それすら狙いであるかのように、舞台は、鋭さをもって進行し続ける。

　心細くなって、すぐ横にいる彼女の存在を、確かめようとする。薄暗い客席では、自分の手元すらよく見えなかった。

　舞台は、主人公が会社の屋上から飛び降りて終わった。

演劇の知識がないから楽しめなかったのか。それとも作品として面白くなかったのか。僕は答え合わせがしたくて、改めて彼女に感想を促した。

「んー、ちょっと、期待はずれかな？」彼女はビニール傘をゆっくりと回しながら答える。

「もちろん、あの演出家さんっぽいなって感じさせるシーンも多かったし、オマージュもたくさんあってニヤニヤしちゃったけど、でも、なんか、ストーリーだけで言えば、この間の飲み会の、延長線の話なんだなあっておもった」

「あの、勝ち組飲み？　どゆこと？」

「んー、私たち、一番の夢を叶えたわけではないにしろ、来年から働くことに、多少は前向きでいるでしょ？」

「そりゃあまあ、そうだね？」

「働かなくて済むならそれが一番！　って考えもあるけど、でもどうせ働くなら、少しでも自分が興味を持った分野で働きたいとおもって、就活してたでしょ？」

「ウンウン、そうね」

「で、その結果が、今日の劇の人たちじゃん。夢見た景色とは全然違うところに立って、こんなハズじゃなかった！　って、頑張って抗って、平凡から逃れようとして、何者かになろうとしてる。結果、主人公は飛び降りちゃうし」

「確かにそうかも」

「社会人になったら、イイ会社に入ったら、何者かになれるかとおもったのに、そんなことないんだなあって」

「そうだねえ」

「それ考えてたら、逆に、なんか楽しいなっておもっちゃった」

「え、なんで？　しんどくない？」

「だって、何者か決められちゃったら、ずっとそれに縛られるんだよ。結婚したら既婚者、出産したら母親。レールに沿って生きたら、どんどん何者かにされちゃうのが、現代じゃん。だから、何者でもないうちだけだよ、何してもイイ時期なんて」

「うっわー、大人すぎる。人生、何周目なの」

そんなんじゃないって、と笑いながら、彼女はまたビニール傘をゆっくりと回す。雨はまだまだ、止みそうになかった。

駅を中心に広がった複数の商店街をダラダラと歩いていると、観劇で帯びた重たい熱は徐々に冷めて、傘を持つのも少し億劫になった。どこか店に入ろうかと提案したいけれど、カレー屋ぐらいしか知らないのが、恥ずかしい。わかりやすくオシャレそうなカフェに入るのもいいけれど、この街の飲食店は、どの店も入り口が狭い気がして、ＯＰＥＮという文字がかえって排他的な空気を醸し出している気がした。

いい店を知っているわけでもないし、居酒屋に行くには早すぎる。どうしたものかと考えていたら、いつの間にか本多劇場の近くまで戻ってきていた。下北沢は不思議な街で、迷ったとおもった瞬間に、元の場所まで戻ってきていることがよくある。

「もうサイゼで飲んじゃうってのは、どう？」

ライブハウスCLUB Queやカラオケ館がある交差点で、彼女はサイゼリヤの看板を指差した。

「え、サイゼって、飲めんの？」「知らない？　すっごく安く飲めるの。優秀なの」こちらの同意を取ることなく、彼女は水たまりを避けながら、テナントビルへと足を進めた。

傘を畳んだのは、まだ十七時のことだった。

店内は酷く閑散としていた。普段ならドリンクバーひとつでいつまでも居座ろうとする高校生や大学生が溢れているのに、奥に部活帰りの男子高校生を確認できたぐらいで、あとは新聞を読みふける老人や、買い物帰りとおもわれる三人の女性しかいなかった。入り口近くの天井の照明がチカチカと点滅していて、物寂しさにさらなる追い討ちをかけていた。

ブリーチして傷みきった髪をそのまま伸ばしたような風貌の男性スタッフが、気怠そうに出てくる。一度もこちらの顔を見ないまま「お好きな席どうぞ」と言うと、そのままフロアの奥に消えて行った。

「なんか、シモキタ感がすごいね」彼女が小さく笑いながら言うと、それもそうだとおもって、なんだか愉快に感じてきた。隅のテーブルに着くと、端が折れ曲がっているメニューを何度か開いて、白ワインのマグナムボトルを頼む。

まだ日も暮れぬうちから、僕らは乾杯を始めた。

「とりあえず」と言って頼んだミラノ風ドリアやエスカルゴのオーブン焼き、小エビのサラダを二人ですくいながら、互いのグラスになみなみとワインを注ぐ。どんな男が好きで、どんな女と付き合ってきたのか。どんな映画が好きで、どんなCDを最初に買ったのか。お互いの「これまで」を、出会った夜より詳細に明かし合った。二時間が経つ頃には彼女の二重のまぶたはさらに重たくなっていて、気怠さを通り越して、ふてぶてしさすら感じさせつつあった。その態度もまた、僕という存在が彼女に許されている証拠のようにおもえた。

「あれ、間違い探し、載ってる」

子供用のメニューを開いた途端、目が覚めたような顔をして彼女が言った。

「あ、知ってる、それ。めっちゃ難しいんでしょ？」

「そうそう。難しすぎてクレームがきて、なくなったって聞いてたの」

「え、じゃあ、なんであるの？」

「わかんない。なんでだろ？　店員が、ズボラだから？」

「いや、そんなことある？　失礼すぎるでしょ」

笑いながらテーブルの上にメニューを広げると、彼女が身を乗り出す。石鹼に似た香りがこちらまで届いた。可愛らしいというよりは幼稚なイラストが二つ並んでいる。互いの髪の先が触れる距離で、覗き込んだ。

「こんだけ酔った状態でやるの、ハードモードすぎない？」

「大丈夫、私、得意だから」

彼女は重たそうな目をこすりながら、これじゃない？　ここでしょ？　と、当てずっぽうにイラストを指差し始めた。違うね？　また違うね？　と僕がツッコむたび、ヘラヘラと笑ったり、ブーと膨れたりして、忙しい。

五分ほど経ったところでようやく一つ間違いを見つけると、ほら、できるでしょ？　と大げさに威張ってみせた。はいはいと雑な相槌を打つと、強引に促された乾杯に、渋々グラスを反応させる。

「楽勝なんですよ、こんなの」

「いや、まだ一個目だからね？」

「大丈夫、ここから早い。こちとら人生、間違えまくってるから」

意気込みを全く感じさせない笑顔で答えた。彼女の目は、ほぼ閉じかけている。店内は気付けばファミリー層一色になっており、スーツ姿の男性が、気不味そうに隅に座っていた。

途中で全く別の話をしたりすることはあったけれど、彼女はなんとか八つの間違いまで見つけ出した。

飲み干して傾けたグラスに、微かに残った白ワインが一滴垂れる。底に向かってゆっくりと降りていく水滴を、彼女の細く綺麗な小指が小さくなぞった。

「間違いだらけなのに、こうやって探そうとおもったら見つからないの、なんか人生っぽくない？」

綺麗な声で、綺麗な言葉が出てくる。彼女は酔っ払うとたまに、メモでも取りたくなる名言を呟いた。「よくそういうポエム、浮かぶね？」「うるさいよ」

僕の手を軽くつねった指先は、「痛い痛い」と大げさにリアクションすると、力を弱めた。酔いのせいなのか、人差し指と親指だけでもわかるほど、彼女の体温は温かかった。

「間違いのない人生って、きっと、楽しくないんじゃない？」

「それは、間違ったことがない人のセリフだなあ」

「そんなことないよ。俺だって、間違ってばっかりだよ？」

「ううん、間違い自慢を聞きたいわけじゃないの」

彼女は再び水滴をなぞると、トンと静かな音を立てて、テーブルに突っ伏した。

「あー、ちょっと、眠さが限界。一旦、店出よう？」

「まだ十時前だよ？　大丈夫？」

「うん、昨日、あんまり寝てないの」

かれこれ五時間近く、飲み続けていたことになる。

会計を大雑把に済ませると、僕らは湿ったアスファルトが光る夜の下北沢へ、ふらついた足で繰り出した。

明け方のエイリアンズ・

「あの頃は良かった」とか言い出すオトナにはなりたくないとおもって生きてきたし、そんなつまらないオトナになるくらいなら、就活せず、社会に出ない道もいいなと、一度は本気で考えたことがあった。

居酒屋の個室トイレに貼ってあったワーキングホリデーのポスターを見て、こういう道もあるのかと、用を足しながら考えていた。もしかしたら自分も、ほかのやつとは違った道を歩んだ方が成功するのではないか。そう考えると、心の奥底から勇気のようなものが、フツフツと湧き上がってくる気がした。そうだ。俺は、ほかの学生とは違うのだ。

さっそくトイレから出て将来設計を語ってみると、周りの友人もほぼ全員がそんなことを考えていたことがわかった。やはり僕は都内の私立文系大学によくいる、意識だけが高い学生のひとりだった。特別変わった人間でもなんでもないのだと、中肉中背な現実を突きつけられる。さっきまで煮えたぎっていた勇気は、平凡の二文字によってあっという間に蓋をされ、奥底へ帰っていった。

それでもやはり、「あの頃は良かった」なんて愚痴るオトナにはなりたくなかった。いつかタイムマシンに乗って幼い自分が目の前に現れたとき、過去に後悔を持った自分の姿なんて見せたくない。そのために、できる範囲での努力はして、いつだって右肩上がりの人生に見えるように、生きてきたつもりだった。

それでも僕には、圧倒的に煌めいて、決定的に取り戻せない時間が、はっきりと存在している。霞のように儚く、雲のように捕えようもない、何気なかったその日々を思い出すたび、火傷に触れたような、鈍い痛みが走る。

その魔法のような日々は、下北沢のあの夜から、始まっている。

＊

「どうしようか？」

サイゼリヤから出ると、ほとんど目の開いていない彼女に尋ねた。時計の針は二十二時からさほど動いていない。電車はまだ、いくらでもある時間だった。

「どうしようね？」

彼女はスニーカーのつま先をぶらぶらと揺らして、それを見つめながら答える。

その返事には、たくさんの意味が込められているように感じた。押すにも引くにも踏み切れず、その場で終電を迎えてしまう未来も予感できた。ただ、もう少し一緒にいたいという気持ちだけが、強い磁石のように、その場から二人の足を離さずにいた。

まだ好きだとも付き合ってくださいとも言っていない僕らだった。初デートにして全ての順番をすっ飛ばしてセックスを提案できるほど、僕の肝も据わっていなかった。雨の下北沢は気温が下がってきていて、上着を持たない彼女は、細い二の腕を少しだけ震わせていた。

「あのね」

満を持して、というよりは、しびれを切らして、に近かったかもしれない。彼女は頼みごとをするように、遠慮がちに僕に言った。

「もうちょっと押してくれたら、いいかも？」

「えっと、うん？」

なんと答えていいかわからず、間抜けな相槌だけが、口から漏れた。言葉の意図を理解したら、今度は彼女の本心が、理解できなくなった。「え、押して、いいの？」「うん、試しにね。ちょっとだけ」

「じゃあ、あの、えっと」誘導尋問みたいなやりとりに戸惑いながら、言われたとおりに言葉を選ぶ。「よかったら、朝まで、一緒にいませんか？」

「はい、お願いします」

思いの外、深く頭を下げられて、こっちが戸惑ってしまった。顔を上げた彼女も、こちらに視線を合わせることはないまま、大きな粒になって垂れてくる雨を眺めていた。

どちらからというわけでもなく、近くのセブン-イレブンに寄ると、彼女は彼女の部屋かとおもうほどスムーズに、化粧落としとコンタクト洗浄液を手に取って、僕はどうにも不慣れな気持ちのまま、コンドームをカゴに入れた。「私たち、これからセックスします！」と高らかに宣言するような買い物をすることが滑稽で、何かのコントのようにもおもえた。

ペットボトルが並ぶ巨大な冷蔵庫を見つめる。ガラスにぼんやりと反射した自分たちの姿は、どう見ても恋人同士だった。彼女は「横文字の水が飲めないんだよね」と言って、ひらがなで書かれた国産の天然水をカゴに入れる。軟水と硬水の区別もつけられない僕の舌が、彼女の繊細さを羨んでいた。

コンビニを出ると、僕と彼女の指先は、当たり前のように絡んでいた。神経を集中させると、彼女の手や指先の大きさが、視覚を頼らずとも肌に伝わってきた。

「指、長いね？」

「コンプレックスなんだよね。男の人みたい」

くるりと体をひねって僕の正面に向くと、手のひらから指先まで、僕の右手と重ねた。

ほぼ、同じ大きさ。でも、僕よりも随分細くて、綺麗に整った爪の先が見えた。手首をひねると、群青色のネイルが、夜の雨のように深く描かれていた。

ラブホテルのロビーには、各部屋の内装写真が飾られたパネルがいくつもあった。その隅に書かれた宿泊金額と内装をそれとなく見比べる。「どれにしようかあ」とさりげなく聞こうとしたときには、すでに彼女が、下から二番目の値段のボタンを押していた。自販機でジュースでも買うかのように、日常の延長線上にある動作だった。

「なんか、男としてのメンツが丸つぶれじゃない？」驚きと戸惑いが重なって、おもったよりも間の抜けた声が出る。「違う違う、あの時間が一番恥ずかしいの。早くしたかったの」弁解する彼女は、飲んでいたときよりも顔が赤い。

パネル横に置かれた端末がベリベリベリと音を立ててレシートを吐き出し、それを受け取る。緊張してきているのか、急に酔いが醒めていく感覚がした。

一〇三号室。長く続いた廊下の端で、部屋の上のランプがチカチカと点滅している。

「一階の部屋とか、珍しいよね。なんか、フロントまで、声とか響いちゃいそう」

一体どんな声を出すのか、もういろいろ落ち着かなくなっていた。やけに重たい扉を開けて彼女を先に通すと、彼女はコンバースのスニーカーを雑に脱ぎ捨てて、ベッドに倒れ込んだ。僕はガラスの天板でできたテーブルにコンビニの袋を置くと、なんとなく居心地が悪くなって、風呂場やトイレを確認して回った。家より随分と広い浴槽を見て「広い！」とはしゃいでみるものの、彼女がこちらに興味を示す気配はなかった。いちいちラブホの風呂場にはしゃがない彼女は、僕よりもう随分大人な気がした。寂しさだけが綺麗な浴室にこだましていた。

「こっち」

ベッドの前まで戻ると、彼女の手が、ひょいひょいと僕を招いた。昔飼っていた犬に向けて、僕がやっていた動きに似ていた。

言われたとおり、彼女の横に、僕も寝そべる。薄く開いている瞳と、目が合った。綺麗な二重と、マスカラのほぼ塗られていないまつ毛。うっすらと茶色がかった髪が、重力に従って頬を隠していた。

蛇やミミズが体を動かして地を這うように、互いの距離を近づける。気付けば視界いっぱいに彼女がいて、焦点は合わなくなった。「近いね」と言ったその唇は、薄くて、少し乾燥していた。

薄い桃色の唇に、ゆっくり、自分を重ねようとする。目をつむって呼吸を止めると、心音がやけにうるさい。もう少しで、彼女の唇に、僕が触れる。もう少し、もう少し。

がちん。

金属にぶつかったような接触音が、口内から脳に響いた。

「いや、下手かよ！」

笑いながらツッコむ。彼女もつられて、大きな声で笑った。唇が切れたようで、舌で触れた部分から、血の味がする。何これ、中学生みたいじゃんと、隣で彼女がヒーヒー言っている。さっきまでの湿度の保たれた空気は、二人の笑い声で一瞬にして、どこかに吹き飛んでしまっていた。

呼吸が落ち着くまで、ニヤニヤと笑いながら、仰向けで天井を眺める。冷房や火災報知器や照明が、どうにも不規則に並べられていて、それはそれで落ち着かない。いつまでもクスクス笑っている彼女の声だけが、響いていた。手を伸ばすと、彼女の指が絡んだ。

「楽しいね」「うん、何これって、おもってる」「わかる」

笑いながらもう一度キスをすると、今度はそのまま、彼女の舌が遠慮深げに、口内に入り込んできた。僕も負けじと、彼女の奥歯に届くように、舌を伸ばす。醒めかけた酔いが、ぐるぐると回り出す。

首筋から太ももにかけて、ゆっくりと彼女の体をなぞる。舌の動きは激しくなって、吐息はどんどん荒くなった。あらゆる血の管を、血液が全力疾走していく。ショーツの上から指で触れると、水分がジワリと滲んだ。自分の体が邪魔に感じられるほど、もう彼女と一つになりたがっていた。

「すげー好き」

心におもったことを留めておく理性が、もう僕の中に残っていなかった。彼女は、僕が「好き」という言葉を呟くたび、体を悶(もだ)えさせた。その言葉が彼女の体を反応させるためのスイッチであるかのように、意味はドロドロに溶けて、記号化されていく。響きだけになった告白の言葉を、半ば暴力的に耳元で唱え続けて、僕は彼女と、同時に果てた。

汗でぐっしょり濡れた彼女の額は、生命を強く感じさせていて、妖艶であり、清楚だった。僕は唇を軽く押し当て、その体液の味を確かめる。乱暴で、粗雑で、確かにやわらかい温もりが、体を包んでいくようにも、部屋中に広がっていくようにも感じた。お互いの心音を直接感じられる距離で、その鼓動が落ち着いてくるまで、じっと動かずにいた。

コンドームを包んだティッシュを、ゴミ箱に向けて投げ入れる。中には入らず、フチに当たると、音も立てずにカーペットに転がった。「間違いだらけの人生だよ」と、サイゼリヤで彼女が言っていたのを思い出した。中学の頃に貰った、バツのたくさん並んだ数学の答案用紙が頭に浮かんだ。右上に書かれた「0点」という文字だけ、大きなマルのようにもおもえた。

「お恥ずかしい話なのですが」向こうを向いていた彼女が、こちらに振り向くなり、僕の顎の下に顔をうずめて言った。

「なに？」

「ほんとに、気持ち良かった」

「本当に？」

「うん、なんか、初めての、感じだった」

「女の〝初めて〟は信用するなって、小学校の道徳の授業で習ったよ」

「そんなことないから」

「じゃあ、信じていいの？」

「うん、信じておいて？」

僕の体臭と混ざり合って、彼女の匂いがわからなくなっていた。そのことが少し寂しくて、まだどこかに残っていやしないかと、彼女の頭の匂いを、おもいきり嗅いだ。

「ダメだよ、くさいよ？」「ううん、好きな匂い」
眠たくなる匂いだった。わずかに残った彼女だけの匂いを嗅ぎながら、意識が徐々に途切れていくのを感じた。二人の夜が、下北沢に溶け出していた。

ボツボツと、雨粒が窓に当たる音がする。不規則に強弱を刻みながら、途切れることなく鳴り続ける。不安定なリズムの上に、腕の中にいる彼女の寝息が重なる。二つのリズムはバラバラなのに、鼓膜から入ってくる音は、子守唄のように眠気を誘う。

腕の中にいる彼女を見る。低い鼻と、化粧を落として存在感が薄くなった眉がある。唇を眉間に押し当てると、彼女の寝息が、僕の内側から鳴っているように聞こえた。

今が何時なのか気になる。腕には彼女の頭があるせいで、携帯まで手が届かない。遮光カーテンの足元からぼんやりと漏れる重たそうな光を見るに、陽はまだ昇り始めたばかりかもしれない。諦めて瞳を閉じると、すぐにまた、まどろんだ。

ボツボツボツ。ゆらゆらゆら。

意識がプツプツと途切れ始めたところで、乾いたアコースティックギターによる不安定なメロディが鳴って、我にかえった。自分の携帯からかとおもったけれど、聞いたことのない音色だと気付いて、胸を撫で下ろす。彼女のスマホから、アラームが鳴っている。

湿度を纏ったヴォーカルの声が、下北沢のラブホテルの一室を満たしていく。この雨の朝のためだけに、用意されたような音だった。そのメロディにようやく気付いたのだろうか。彼女が腕の中でもぞもぞと体を動かす。目を閉じたまま、手探りでスマートフォンを引き寄せようとする。僕はその腕を摑んで、スマホに届かないように自分の胸元まで引き寄せた。

「どしたの？」

「もうちょっと、聴かせて？」

そう伝えると、彼女は目を閉じたまま満足そうに口角を上げて、僕の胸元に顔を押し付けた。言葉になる前の、「んん」という籠った声だけが、聞こえた。

ヴォーカルは、二つのオクターブに分かれて、サビを迎える。

「なんて曲？」

「『エイリアンズ』。キリンジ」

「好きだ、これ」

「本当？」

それが初めて聞いた、彼女の携帯のアラーム音だった。

浮遊感のある気怠いメロディが、ゆっくりゆっくりと重たい雨雲のように流れていく。その曲が終わるまで、数回のキスをした。世界がその瞬間だけ、僕らだけのものになった。

梅雨入りが近づく東京、サイゼリヤの安酒で酔いつぶれた翌朝。引き返すことのできない「彼女のいる世界」が、始まった瞬間だった。

*

その日から僕と彼女は、毎日のように連絡を取り、毎週のように会ってはどこかに出かける関係になった。

本当に単純な性格で呆れるけれど、散々使い古されたJ-POPの歌詞のように、これまで飽き飽きするほど退屈だった日常が、彼女と出会ってからは全てが真新しく見えるようになっていた。ホームレスが寝ていた新宿西口のガード、サラリーマンが行き来する八重洲地下街、スクランブル交差点の雑踏、秋葉原の電気街、五反田のスナック、吉祥寺のハモニカ横丁、池袋のボウリング場。いずれも僕らのために輝いて、僕らのためにそこにあった。「世界が薔薇色に見える」とかいう陳腐な表現がこんなにも的確に当てはまってしまうことを、もはや恥ずかしいともおもわないほどに、僕はひたすらに浮かれていた。

キャスターが梅雨明けを発表すると、彼女はノースリーブのワンピースから白くて細い二の腕を覗かせた。「夏が嫌いだ」という彼女は太陽の下を散歩するより月の下で飲酒することを好んだけれど、そのどちらもレンズの絞りを開けたように背景がボケて見えるほど、魅力的に映っていた。

待ち合わせをした桜木町駅から、手を繋いで向かった赤レンガ倉庫。そこでたまたまやっていた世界中のビールが集まるイベントで、僕らはベロベロに酔っ払った。横浜中華街で口内を火傷しながら食べた小籠包の味と、酔い醒ましに大さん橋から見たみなとみらいの夜景が、やたらと沁みた。混沌とした野毛町で見つけたボロくて怪しいラブホテル。野生動物のように抱き合った後、手ぶらで見に行ったレイトショーは、誰も死なないし、大きな展開もない作品で、二人の好みの内容だった。

真冬におでんを求めて探し回った後で飲んだ恵比寿駅での缶ビールも、真夏の折り返し地点のように暑い日に食べたボロい定食屋のシラス丼も、全てがやたらと美味かった。

夜中に長電話をすることも増えた。耳が熱を持ち始めると、もう片方の耳に携帯を押し当てて、会話の合間に生じる互いの吐息や生活音を貪って笑い合った。画面に表示された通話時間を見て、お互いが繋がっていた時間を意識するのも好きだった。それが数日続くと、「昨日より五分長かった」とか「十分も短かった」とかで一喜一憂するようにもなった。

江の島で撮った彼女の写真は、ややブレていた。駅の売店で買った二十七枚撮りの「写ルンです」は、粗くて少し暗く写る。陽が落ちる直前の海岸で、砂を蹴って歩いている彼女の写真は、それでも魅力的だった。

彼女はカメラを向けられると、「緊張して鼻が膨らむからイヤだ」といつも顔を隠した。その仕草まで好きだったし、現像した写真を見せれば、なんだかんだ言って嬉しそうにしていたところも可愛かった。

彼女が喜ぶような奇跡の一枚を撮りたくて、デートに行くときは必ず「写ルンです」を買うようになった。二十七回だけ、彼女は僕の言うことを聞いてくれた。

現像された写真は、写りがいいものが一番前に来るように並び替えた。僭越ながら、彼女の中でも「一番可愛い彼女」と「一番可愛くない彼女」を勝手に決めて、「一番可愛くない彼女」は手帳に挟んで、落ち込んだときにそれを見て、生きる活力にするのが僕の習慣になった。

江の島で撮ったブレた写真を、彼女は「なんか好き」と言って、ＬＩＮＥやＳＮＳのアイコンにしてくれた。僕が撮った彼女をアイコンとして目にするたび、彼女が僕との時間を、みんなに自慢しているようにおもえた。それだけで頬は緩み、脳は溶けそうなほどに有頂天になれた。アホだと言われても構わなかった。もうとっくに肩の上まで、彼女という沼に浸かっていた。好きだった。

僕の世界が彼女で満たされていく間に、僕らは社会人になった。

僕は印刷会社に就職し、希望もしていなかった部署に配属され、たくさんの理不尽と絶望を見ることになった。彼女はアパレルブランドに勤め始め、研修期間は店頭スタッフとして働くことになり、接客業の魅力を満喫していた。

僕は日に日に消耗し、彼女は日に日に輝いた。

「一人暮らししようとおもって」

観測史上最大とも言われた大雪が降って、交通機関がほぼ麻痺した二月初旬の夜。麻痺するように冷たくなった手で携帯を持ち替えながら、電話越しの彼女に引越しすることを伝えた。

「わ、前から言ってたもんね。お金たまったんだ？」

「今度こそ、ようやくですよ」

　僕の実家は二十三区内にあるにもかかわらず、新宿区にあるオフィスに着くまで電車の乗り換えが四回も必要だった。乗らなければならない電車はいずれも乗車率が一五〇パーセント近くで、通勤によるストレスは入社二カ月もしないうちに耐えがたいものになっていた。

「東京は時空が歪んでいるから、遠くに行くにも近くに行くにも、なぜか三十分はかかる」と誰かがツイートしていたことを、社会人一年目になってようやく実感していた。

　外出するたびに「今夜は夕飯いるの？」と尋ねてくる母親にも、嫌気がさしていた。親離れできない僕にも、子離れできない母親にも、物理的な距離を置くのが、最良の選択肢のように感じられた。

　でもそれらの理由はだいたい建前でしかなくて、僕を絶対に家に入れてくれない彼女のポリシーに配慮して毎回ホテルに泊まるなら、いっそ、一人暮らしの方が安いという結論が出たからだった。

　入社一年目にして平日九時から二十時がただただ憂鬱だった僕にとって、彼女と二人でいられる時間は幸福度も優先順位もとにかく高かった。月々七万五千円で彼女と二人きりの時間が得られるなら、それはどんなものにも替えがたい素敵なプレゼントにおもえた。

桜の開花時期を天気予報が詳細に伝え始めた三月の初旬。

レンタカーを走らせ始めたところで、鼻の頭までストールに顔をうずめた助手席の彼女は、完全にはしゃいでいた。

「ＩＫＥＡに買い物デート行くの、夢だったんだよねえ」

彼女のiPodを繋いだカーステレオからは、くるりのベストアルバムが流れており、高速道路に差し掛かったところでちょうど『ハイウェイ』がかかった。東名高速は緩やかに流れていて、追い越し車線を走る車はほとんど見られない。僕らはくるりの『ハイウェイ』が主題歌になった映画は何だったか、という話から派生して、ＩＫＥＡで買い物デートをする男女の映画について盛り上がっていた。

高速道路を降りるとすぐに、印象的な青と黄色のロゴが目に入って、車を駐車場に止める。映画のようにスマートで華やかなＩＫＥＡデートが始まるかと思ったけれど、実際は入店早々、ベッドのマットレスの硬さについて揉めて、それだけで疲弊してしまっていた。

「あ、このやわらかさ、好き」「えーやわらかすぎるよ。硬くないと、腰に悪いよ？」「いやフッカフカのベッドで寝るのがいいに決まってんじゃん」「セックスするときすごい軋むよ？」「ほんとそういう視点で選ぶのやめてくれます？」

　時に冗談を言いながら、僕らは人生で一番たくさんのセミダブルベッドに寝転んだ。結局僕の家だからと、マットレスの硬さだけは僕の希望のものが通って、でも僕の家なのに、「私が入り浸るためのものだから」とソファは彼女の好みのものを買った。

　二人暮らしをするわけじゃない。でも、きっと僕らは多くの休日を新しい家で過ごす。そのための家具や生活雑貨を選んでいく時間は決してスマートではないけれど、僕と彼女だけが主演を許された、小さな舞台のようにおもえた。

　新居への引越しが完了したのは、三月末のよく晴れた日だった。杉並区高円寺。この街を新居に選んだのは、オフィスや彼女の住む家まで乗り換えなしで行けるだけでなく、数少ない気を許せる会社の同僚・尚人（なおと）が住んでいたことも大きかった。

　尚人とは、内定式で初めて会った。

うちの会社の内定式は式典だけでなく、簡単なグループワークみたいなものも実施される。二百人近く採用された新人たちの結束力を高めるため、という目的もあるけれど、「わざわざ呼びつけておいて一時間で解散するのも申し訳ないから」という人事部の苦しまぎれの配慮もあるようだった。

文系や理系、男と女が何らかのバランスで成り立つように意図的に分けられたグループの中に、尚人がいた。内定から半年しか経っていないのに、彼の髪は随分と長かった。緩くパーマがかかった重たい前髪はさながらバンドマンのようで、「こいつ、遊んでそうだなあ」とおもった。それでも印象よく感じられたのは、一八〇センチを超える長身に似合いすぎた細身のスーツと、端整な顔立ちと、人を不快にさせないユルい話し方のためかもしれない。

就活におけるグループワークは、リーダーや書記、タイムキーパーなど、役割を最初に決めてから動き出すことが多い。全員で意見を出し合い、時間内に一つの回答へ導かせることで、面接官は協調性やリーダーシップを見ていると聞いたことがある。

でもこの日、「じゃあ、誰が何します？」と仕切り出した尚人は、自分でアイデアをいくつも出しながら、書記のようにメモを取り、タイムキープまで完璧にこなして発表までをほぼ一人でやりきった。導いた答えもほぼ完璧におもえて、僕を含めたグループ員たちは、ほとんど喋ることができないままその場に立ち尽くしていた。

就職試験で同様の動きを見せたら「チームにまとまりがない」と全員失格になっていたかもしれない。ほかの内定者は露骨に嫌な顔をしていたが、僕はこの場で独り舞台を演じきった尚人に、俄然興味が湧いていた。

式後の懇親会で「同期で一番になりたいから」と涼しい顔で話した男は、傲慢で、暑苦しくて、闘争心に満ちていた。それでもやはり不快におもわなかったのは、彼が口だけの人間ではないと先ほど見せつけられたからかもしれない。当時の僕らは、何をもって一番になれるのかも知らないまま、純粋な出世欲と野心に満ちていた。

高円寺に住めよ、と言ったのはその尚人だったのに、実際に僕がそこに住むことを決めたとき、彼は「そんなに俺のことが好きか」と意外にもはしゃいだ。いろんな店連れてってやるよと偉そうに言う悪友が住まうこの街に、僕は移り住んだ。桜の開花が目前に迫り、薄手のコートが街中に溢れ出した頃だった。

ＩＫＥＡで買った大量の家具がダンボールに包まれて届くと、八畳の１Ｋはあっという間に狭くなる。とくにマットレスやベッドフレームは、店頭で見たときよりもはるかに巨大に感じられ、部屋に入れたら自分が立つスペースがうっかりなくなってしまった。完成したてのベッドを二人で堪能しようとおもって、彼女を早めに呼んでしまったところで、そんなに簡単には組み立て終わらない予感がようやくしてきた。

そこで浮かぶのもまた、尚人の存在だった。

戦友は「飲み代一回分でいいよ」と言うと三十分もしないうちに駆けつけて、やたらと仰々しい工具箱を、慣れた手つきで開け始めた。持つべきものはいつだって、手先が器用で、日曜大工が得意な友人なのかもしれない。

組み立て作業は、彼女が設計図を見ながら指示を出し、僕と尚人がそれに従うことで行われた。ベッド、テーブル、椅子、棚。テキパキと組み立てていく尚人の手際の良さにかなり助けられ、夕方前には、ダンボールの片付けまで終了していた。モデルルームのように整った1Kは、良くも悪くも生活感がなく、よその家のようにも感じられた。

「いや、やればできるもんだね」

綺麗になった部屋を見て言うと「俺がいなかったら、あと二日はダンボールの上で寝ることになってたぞ」と尚人に返され、「私がいなかったら、あと四倍は暗い気持ちで組み立ててたとおもうよ」と彼女に揶揄された。「もういいから飲み行こう」と話を切って、台所の隅に追いやられていた上着を二人に渡す。ようやく暮らせる環境が整った新居を出ると、まばらに広がった薄い雲が、夕陽に照らされて赤い影を見せていた。

　高円寺は、直木賞を受賞した小説の影響で「純情商店街」と呼ばれるようになった北口の商店街を中心に、「庚申通り」や「パル商店街」「ルック商店街」「あづま通り」など、いくつもの商店街が連なって街を盛り上げている。夏に開かれる阿波踊りは、駅に交通規制がかかるほどの人気を見せ、飲食店は平日・土日を問わず、夜遅くまで賑わう。

　尚人に案内された居酒屋は、高円寺駅の南口を出て正面にある、赤提灯が印象的な焼き鳥屋だった。「大将」と呼ばれるその店のテラス席（というよりはもはや路上だ）には、ビール箱をひっくり返して作られたような簡易な椅子とテーブルが置かれており、夕方にもなれば、薄手のダウンを着た初老の男性たちが、すでに酩酊しているようなことも珍しくない。

　学生時代から高円寺に住んでいる尚人は、この店を「高円寺のランドマーク」だとか「高円寺のキーストーン」と呼んで、まるで聖地のように崇め、足繁く通っていた。

　まずは洗礼を受けるべきだと案内された二階席は、やたらと狭いけれど、明大前の沖縄料理屋のようななつかしさを感じさせる。

「高円寺へようこそ！」と言いながらホッピーを一気飲みする尚人を、彼女もすでに気に入ったようだった。僕らはその日をきっかけに三人でよく集まるようになり、仕事が終われば一晩中酒を求めて歩き回るような、堕落した日々を過ごすようになった。終電がなくなる時間になれば朝までカラオケに籠る。僕は彼女がソファの上に立って歌うエレファントカシマシが好きで、いつも勝手に予約を入れた。彼女は尚人の踊るＡＫＢ48やももクロのダンスを見て、いくつかの曲を真似て踊れるほどになった。

尚人がボケて、僕がツッコみ、彼女が笑う。そのサイクルを繰り返していると、いつも夜はかんたんに深まり、更けていった。

「なんか、この時間しあわせ」

「わかる。ダラッダラしてるだけなのにね」

「そこがいいんですよ、きっと」

始発が動き出す音を聞きながら、三人で淡い青の下を歩く。

夜の余韻を引きずる空は、日中よりも僕らの近くにいる。

低く浮かぶ薄い月が、名残惜しそうにこっちを見ていた。

新聞配達のスーパーカブと、ゴミ収集車の動く音が、遠くからぼんやりと聞こえてくる。自販機の横に置かれたダンボール箱は、空き缶で溢れかえっていて、営業時間をようやく終えた居酒屋の前には、大きなゴミ袋が散乱していた。

決して綺麗と言える景色じゃなかった。でも、それら全てが、なんだか掛け替えのないものに感じられた。社会人になって丸一年。あのときの僕らは、何者にもなれない自分たちを必死に肯定しながら、この街で無責任な自由を貪るように、生きていた。

描いた未来と異なる現在

多くの人は、子供の頃から「将来の夢は？」と尋ねられて育つ。

幼少期のイチローや本田圭佑は、ここできちんと現在の職業を答えるけれど、イチローや本田圭佑じゃなかった僕らは、なんとなく「パン屋」や「ゲームを作る人」と答えた。そして現在、公務員だったり印刷会社勤務だったりして、窮屈な満員電車から振り落とされないように必死にしがみついて生きている。

考えてみると、高校に入学し、「文系」「理系」という大きな岐路に立ってから、僕ら〝イチローじゃなかった組〟は、「選ぶ」というよりは「捨てる」という感覚で、自分の人生を選択してきた。明大前で開かれた「勝ち組飲み」のメンバーだって、本当は誰一人として勝者じゃなかった。きっとみんなどこかで、自分の手の届く範囲のゴールを甘んじて受け入れて、今に至っているはずだ。

中でも、社会人編に突入した僕の人生は、半ば妥協して手に入れた自分相応の夢から、さらに転落するように下降の一途を辿っていた。

＊

「総務部って、どんな仕事するんですか？」

二カ月の退屈な研修期間を終えて、配属が発表された二〇一三年の夏。広告代理店には入れなかったものの、印刷会社だってクリエイティブな仕事はできるぞと意気込んでいた僕を待ち受けていたのは、配属希望表にも記載がなかったはずの「総務部」という部署だった。

「まず断言できるのは、君が求めているような、華やかな仕事をする部署じゃないってことだね」総務部の先輩は開口一番にそう言ってのけた。

たとえば、内定式でグループワークがあったの、覚えてる？　二百名近く参加する大きな研修だ。その会場に、君がいた。座席表に従って、席に着いたよね。では、質問です。そのテーブルと椅子と、座席表、誰が用意したのでしょう？　正解は、僕ら総務部です。わかった？

先輩は実に流暢に、僕に「総務」という仕事の一端をイメージさせた。

「総（すべ）てを務める、と書いて、総務なんだってさ。営業、企画、技術、製造、それぞれの部署が担当していない〝その他すべて〟を受け持つ場所なんだよ」

その夜、最寄駅から家に着くまでの間、半泣きになりながら彼女に電話をして帰ったのを覚えている。

「何か自分で企画してさ、それが世の中にカタチとして届けられるのが、印刷会社なんだってさ」あの明大前の公園で、彼女に話していた僕の表情は、どのくらいイキイキしていただろう。「もう俺、この会社じゃなくても良くなっちゃったなあ」総務部に配属が決まって電話越しの彼女に嘆いた夜、僕の表情は、どのくらい沈んでいただろう。「こんなハズじゃなかった人生」が本格的に始まったあの日から、あっという間に二年が経過していた。逃げることも戦うこともできず、悶々と現実に耐え続ける僕が、今日も社会人三年目のサラリーマンを、なんとか演じている。


「明日、八時から営業報告会だってよ。ほんとダルいな。会議が多すぎるんだよ」

昨日の夕方、部長は打ち合わせから戻るなり、大きな声で嘆いた。部長の声がデカいのは日常的なことなのだけれど、こういうときは、とくに大きい。朝八時から営業会議、という言葉には「八時までに会議室の座席を、報告会として使えるかたちにしておけ」という指示の意味が込められているからだ。

不親切な業務命令にリアクションを示さないまま、僕はＰＣに映された共有スケジュール画面を睨む。「8時より報告会」と入力し、続けて「朝7時20分より机のセッティング」と、業務の詳細を入力した。

ＡＭ７：10。

オフィス十階の窓を開けると、都会の喧騒に毒される前の空気が入り込んだ。朝陽はビルの隙間から顔を出したばかりで、縮こまった体をうんと伸ばしている。早朝出社したときにだけ見られるこの朝陽が、会社から見える景色の中で、唯一好きだった。

就業規則上の始業時刻は九時だから、普段ならまだ、ベッドの中にいる。今日何度目かの欠伸(あくび)を嚙み殺しながら、ポケットからスマートフォンを取り出した。

ＬＩＮＥのトーク画面を開くと、四日前には一番上にあったはずの彼女の名前が、どうでもいいグループＬＩＮＥなどに追いやられ、スクロールしないと見えない位置にまで、下がってきていた。それを見て、朝陽を浴びたばかりの心は、早くもしょげ始める。

画面を下に進ませるぶんだけ、気持ちが沈む感覚が残った。ようやく出てきた見慣れた彼女のアイコンをタップするが、四日前に送ったメッセージには、既読の二文字がついたまま、やはり返事はなかった。

「来てない、よなあ」

意図せず声に出ていた。返事が来ないことへの焦りや怒りはとっくに姿を消して、今ではこの状態が、日常になりつつあった。

「写ルンです」で撮った、江の島の海岸で笑う彼女のアイコンが、最近は少し悲しげに見える。わずか数センチの写真ひとつで、朝から十分切なくなれるのだから、やはり重症だとおもった。

「何か、あったんですか？」

僕の声に反応して、向かいのデスクの人影が、もぞもぞと動く。パソコンの隙間から、見慣れた丸顔が顔を出した。

桐谷（きりたに）だ。

桐谷は僕の一つ下に入ってきた後輩で、僕同様、印刷会社の営業や企画部門に憧れて入社し、いきなり総務部だと言い渡され、その理由はわからないまま働き続けている人間のひとりだった。

僕と桐谷に違った点があるとすれば、桐谷が僕よりも能力的に優秀だったことくらいだ。これがお世辞や謙遜であるなら良かったけれど、事実、桐谷は入社して一年が経過した時点で、すでに僕よりも大きな仕事をいくつか受け持っていた。

後輩の問いかけに「いや、ちょっと嫌なこと思い出しただけ」と答えて、彼女から返事がこないことを有耶無耶に誤魔化す。後輩はふぅん、とだけ呟くと、また顔を引っこめた。

何事にも執着しないところが、桐谷が仕事ができる所以（ゆえん）だといつもおもう。つべこべ言わず、ああだこうだ考えず、さっさと手を動かす。「なんでコレ、やらなきゃいけないんですか？」と、いつも納得感ばかり求める僕とは、対照的な存在だった。

「やっぱり、ちょっと独り言聞いてもらっていい？」

「なんですか？」長い髪を後ろでまとめた桐谷が、先ほどと同様に、モニターの脇からひょこっと顔を覗かせる。

「あのさ、手紙がまだ主流だった時代って、もっと気長に、いろんなことを待てたんだとおもわない？」

「なんすかその、彼氏からのＬＩＮＥが返ってこなくて、悶々としてる女子大生みたいな発想」

「うるさいな」

通勤途中に買ったコーラ味のグミを手渡しながら、後輩を叱る。桐谷はありがとうございます、と言いながら、それを片手で受け取った。

「でも、手紙もそうですけど、〝道草を食う〟って言葉、あるじゃないですか。あれって、〝馬が道に生えてる草を食べるから遅れちゃう〟って意味なんですけど、当時はそれが普通なんだとおもうと、いろいろ気長に待てたんだろうなあって羨ましくなります」

「今朝も私、二分後には次の電車が来るってわかってるのに、駆け込み乗車してましたもん。全然、待てなくなってる」

「わかる、俺も、その感じ」

桐谷が必死に走っている姿をイメージしようとしたが、うまくいかない。彼女は彼女なりに完璧であろうとして、日々なにかと戦っているのかもしれなかった。


時刻は七時二十分を迎えた。桐谷は「そろそろ行きます？」と言うと、おもむろに席を立つ。僕もその後に続いた。

会議室のテーブルは、最初の三つだけ、横に等間隔になるように丁寧に並べる。あとは前のテーブルの位置に倣って、無心に並べていくだけ。最初の位置だけ、しっかり決める。

この二年間で自然と身に染み付いた「会議室の机をラクに講義形式に並び変える方法」を、桐谷と二人、無言で実践していく。総務部の若手の必須業務として割り当てられたこの仕事も、慣れてくれば苦痛は少ない。ただ心を殺して、ひたすら手を動かせばいい。

ほぼ百名分の椅子とテーブルを三十分ほどで並べ終えると、そのまままっすぐデスクに戻る。一年目の頃はこの作業だけで疲れ果てていた記憶があるから、会社員にも「社畜筋」みたいな筋肉が存在しているのだろうな、とおもう。

フロアに戻ると、すでに先輩たちが数人出社していた。「お疲れ様」と声をかけられるが、その視線は画面に向いたままだ。重たくなった古いＰＣの駆動音が、火でも噴きそうな音を立てている。今日もまた、退屈と窮屈を詰め合わせたような一日が始まるのだ。できるだけ心を込めずに御礼を言うと、自分のデスクトップＰＣのスリープモードを解除した。

インターネット　エクスプローラーしか繋がらないＰＣは、セキュリティ面でもかなり不安が残ることを、開発部門の社員が噂していた。とはいえ、何千台と社内で所持しているＰＣを全てアップデートするには、かなりの実作業とコストが発生する。その稟(りん)議(ぎ)を通すには、まだ時間がかかるんだろう。

メールソフトをダブルクリックすると、未読メールのチェックが始まった。昨夜は二十一時に帰って、その直前にメールをチェックしたから、そこまで多くの新着メールは届いていないはずだ。

希望的観測を持ちながら開いてみると、おびただしい数の「未読」アイコンがピコピコと顔を出す。十二時間で、二十通以上の新規メール。無数に発見された害虫の卵でも見た気分になって、天井に気を逸らした。四日も返事を寄こさない彼女を、少しは見習ってほしかった。

すでに今日二桁目を迎えるため息を、大げさに吐き出す。椅子の背もたれに体を委ねると、「あーあ」と、アホみたいな声が出た。

独り言が極端に多くなったのは、この職場に配属されてからだ。

営業部門や企画部門とは隔離されている総務部のフロアは、私語を良しとしない空気がいつも漂っている。同じシマには僕や桐谷を含む七名が在籍していて、フロア全体でも二十名近くいるけれど、雑談はほとんど生まれない。静かすぎるこの部屋ではパソコンの駆動音がやたらと大きく聞こえ、複合機が紙を吐き出す音は、ちょっとした騒音レベルに感じられた。内線電話の呼出音も、この部屋では緊急地震速報のように盛大に響く。電話の音が鳴るたび、大きな交差点でクラクションを鳴らされたときのような胸を絞る焦りが広がり、都度、心を消耗させる。

ピリピリとした緊張感を極力味わいたくないせいか、総務部員は入社半年ほどで「電話のランプがチカチカと光った時点で受話器を取り、着信コールを鳴らさずに通話する早業」を身に付ける。不要な特技はいつしか、総務部の伝統芸となっていた。

エレベーターの中ですら沈黙が苦手な僕は、そんな職場の寡黙すぎる空気に度々耐えきれなくなった。そこで生まれた打開策が、わざわざ大きめに「あぁ」とか「うーん」とか声を出して、張り詰めた空気を少しでも震わせることだった。

時折り奇声を発するようになった新入社員の僕を、上司や先輩たちは不気味な顔で見ていた。最初は様子を窺うようにしてくれていたけれど、僕が書類の不備を連発し、会議室の予約を忘れ、重要な資料を完成できず、さらにそのミスを揉み消そうとしたりするうちに「アイツはちょっとおかしい」といった空気が流れるようになった。「あれ、もしかして俺、浮いてる?」とおもった頃には、何をしても反応されない、残念な存在として扱われていた。

こうなるとひたすら負のスパイラルに陥るのが組織人というもので、職場でトラブルが生じると「アイツに原因があるのではないか」と、真っ先に僕が疑われるようになった。さらに悲しいことに、先輩たちのそれらの予想は、大体が的中していた。

日に日にオフィスへ向かう足取りは重くなり、会社と家の往復に、身も心も疲弊していく。これまで大きな挫折はなく生きてきた僕にとって、入社半年もせずに貼られた「使えない人間」というレッテルは、自尊心を失わせるには十分な効力を持っていた。

「捺印は、左斜めに傾けて、押すこと」

ある日、上司のチェックを終えて返ってきた書類に、付箋で注意書きが残されていた。なんでわざわざハンコを傾けて押す必要が？　と、先輩に聞いてみたところ、「左斜めに傾けることで、上位の承認者に頭を下げているように見える。敬意を表す意味」と教えられた。


地球の裏側まで届きそうな盛大なため息と共に、自席に倒れ込む。煎餅ひとつ食べるにも咀嚼音に気を使うような正しすぎる職場に、何年経っても「慣れたくない」と意地になっている僕がいた。


改めて、二十通を超える新着メールに目をやる。

〈研修日程の変更をお願いします〉〈作業服が汚れた件について〉〈三階南側のポスターの掲出の件〉〈労働組合の活動費について〉〈通勤ルート変更のお願い〉

「不要不急なものには返事をしないこと」みたいなルールがあるとしたら、ごっそりそのままゴミ箱に捨てられそうな件名ばかりが、いつもどおり行列を成していた。嫌気が吐き気に変わる気配がして、買っておいたペットボトルのお茶を流し込む。どこまでも続いていそうな雑務の依頼に、目を背けたくてたまらない。どれから片付けようかと、メールの羅列をぼんやりと眺めていると、くっきりと輪郭を持った件名が、ふと目に入った。マウスのカーソルを、その一通に向けて滑らせる。

〈新規案件のお問い合わせ〉

総務部は、営業職や企画職と違って、クライアントと直接やりとりすることが、ほとんどない。社外からメールが届くことも滅多にないし、万が一あったとしても、社用携帯電話の修理会社から届くカタログの案内か、オフィス備品の通販サイトから送られてくるメルマガくらいだ。

そんな部署に「新規案件」の問い合わせが届くなんて、ほぼほぼありえない。でも僕は、この件名のメールが届く理由を知っている。なぜならその件名は、僕と尚人が作った、たった一つの暗号だからだ。

「うちの会社さ、上司が部下のメールを、閲覧できるようになってるらしいよ？」

尚人が蕎麦をすすりながらその話を切り出したのは、入社半年が経過した九月の昼休みだった。

僕は総務という仕事柄、昼休みであろうとなかろうと、他の社員から雑用を頼まれてしまうことが多い。愚痴に近い相談に乗っていたら休憩時間が終わっていたケースも少なくないから、昼食はオフィスの外で済ますことが増えていた。

「なんで？　うちらのメールを上司が見ても、全く得しなくない？」

会社の近くの蕎麦屋で同僚に遭遇したことは、ほとんどなかった。こんな話ができるのも、この店だからこそと言える。

「仮に事故とか病気になって本人が動けなくなったら、代わりに誰かが見なきゃいけないからじゃね？」「あー、なるほど？」「あとは単純に、社員がヤバいことやらかしたときに、その証拠とかが残ってないか、チェックするためだろうな」「あー、それは、ヤバいね？」

〝プライベートの話を就業時間中にしてはいけない〟

就業規則に定められているかもわからないほどきわめて基本的な社会のマナーを、僕らは入社早々におもいきり違反していた。どちらかの集中力が切れたり、退屈に押しつぶされそうになったりしたとき、互いの社内メールにストレスの全てをぶつけて発散していたのである。

もちろん最初はＬＩＮＥでやりとりしていたが、業務中にスマホを出すことが好ましくおもわれない部署にいた僕に配慮して、いつしか社内メールで、互いの職場の愚痴などを送り合うようになった。もちろん、そのメールの件名は「クソすぎる」とか「さっさと異動したい」といった、僕らの本音が鮮やかに吐露されたものだ。

「上司はメールシステムにいつでも入り込めるってことだよね」

「まあ、噂で聞いた限りだけどね」

「じゃあ、尚人が書いた部長の悪口も、もしかしたら本人に見られてるってことだ」

「お前が書いた上司のパワハラレポートもな」

「そりゃあ、おっかない話だ」

「バレてたらすでにお咎め食らってるはずだろうから、現時点では見られてないとおもいたいけどね。念のため、件名と、冒頭二行くらいはカモフラージュした方がいいかも」

「そうだね、それも確かだ」

こうして決められた僕らの暗号化タイトルが、〈新規案件のお問い合わせ〉だった。総務部に新規案件なんか来ねえよ、とは言ってみたものの、「そのくらいワクワクさせる方が、楽しいじゃん」と、肝心なところでツメが甘い尚人のノリに負けて、いつしか僕もその件名を使うようになった。

そして、約三日ぶりに届いた〈新規案件のお問い合わせ〉を、僕は他のどのメールよりも先に開いた。

お疲れ様です。

ご多用のところすみません。先日お話ししました新規案件について、詳細が届きましたので共有させていただきます。

うちの本部にいる星野、わかる?

総務のお前ならもう知ってるかもだけど、アイツ、来月末で転職だって。

リクルートのグループ会社だとさ。

給料、結構いいよな、多分。

優秀なやつほど早く出て行くとは言うけど、確かにアイツの売上、すごかったんだわ。

三年目であんなに稼いでるの、アイツだけじゃねえかな。

ただでさえ忙しいはずなのに、よく転職活動なんてできたよな。

まあ、行きたい部署に行けて、やりたい仕事がやれてたんだから、これで成績クソだったら殴りに行ってたけど。

でも、やりたい仕事に就けてたのに、それでも転職するって、どういうことだとおもう？

やっぱり、待遇の問題？

やりたくない仕事やらされてる俺たちの方が先に出て行くかとおもったのに、これじゃあ全部で負けてる感じじゃんね。


俺たち、やっぱこのままじゃダメじゃね？


総務部に配属された当初は、いくらイヤイヤ言っていても、三年くらい経てばこの仕事にも慣れるとおもっていた。

このままでいいとか、悪いとか、そう悩む時期はとっくに通り越して、大きな会社の構成員であることに喜びを見出し、やりたかったことよりも、財布の中身を豊かにすることに感動して、生きていくのだとおもっていた。

実際、多くの同期が早々に会社に馴染んで、恐らくは六十五歳の定年まで続く、ほぼ年功序列・終身雇用の穏やかな流れに、身を委ね始めていた。いきなり総務部になった僕と、望まずして営業になった尚人だけが、いまだに「このままでいいんだっけ?」を繰り返して、モヤモヤと自身のキャリアに不満を抱いているようだった。

二〇一一年の十二月、大手就職活動サイトがオープンすると同時にサーバーダウンしてヤキモキしていた僕は、きっと社会人に憧れていた。それより数カ月早く、企業のインターンシップに四社も五社も通っていた尚人は、きっと社会人に夢を見ていた。

今日もSNSを見れば、同世代がさまざまな分野で成功をおさめたり、活躍したりしている。起業したての年下のアカウントが「増資しました!」とツイートしていれば、アーティストとして全国流通のCDデビューを飾った! と報告をしている同い年のアカウントもある。ブログで食っていく方法とか、ノマドワークがクリエイティブを加速させるとか、僕の目の前の仕事とは到底結びつきそうにないことばかりが、タイムラインを流れていく。

「こんなハズじゃなかった人生」の途中で出会った僕と尚人は、戦場のようなタイムラインの外側で、このまま何者にもなれずに人生が終わるのではないかと、ただ悶々とする日々を過ごしていた。

「『大将』集合にしよ」

「働き方改革」の一環で、社内は毎週水曜日に定時帰りが推奨され、該当日は二十時を超える残業が禁止されるようになった。十八時を過ぎたあたりから職場はピリピリと殺気立ち、デッドラインである二十時間際には、入場ゲートが大混雑を起こした。

「かつては真夜中になると会社の外にさまざまな屋台が並んで、朝までそこで時間を潰した」と噂があるほど、二十四時間態勢で戦い続けていたこの会社も、少しは「まとも」になりつつある。

二カ月前には、入退場を記録するゲートを物理的にジャンプで飛び越えた社員が現れたが、見せしめのように懲戒処分を受けたことがまことしやかに広まると、企業の「ホワイト化」へ向けた緊張感は、より一層強まっていた。

そんな状況もあって、毎週水曜は仕事が強制終了されるため、僕は彼女や尚人と平日から飲みに行くことが増えていた。とくに〈新規案件のお問い合わせ〉が届いた水曜はその確率はかなり高くなり、この日もやはり、僕らは高円寺の「大将」で落ち合うことになった。

二十時ギリギリ手前でタイムカードに「退勤」を打刻し、エレベーターに乗って、足早にオフィスを出る。尚人から届いていたＬＩＮＥを見返すと、戦友は得意先から直帰で、すでに高円寺にいるようだった。

　午前中、大量の未読メールの中で光るように届いていた〈新規案件のお問い合わせ〉に、僕も自分なりの焦りがあることを書いて相棒に返事を送った。配属二日目にして転職サイトに登録した僕だから、焦りがないはずはなかった。

　いくつかのやりとりの末、「いっそ今夜飲まない？」という結論に至ったのは、もう何度目かわからない。そもそも、悩んでいることの大半には、正しい答えなんてなかった。それがはじめからわかっていても、「こんなハズじゃなかったよなあ」とボヤき合う相手が、あのときの僕らには必要だった。答えの出ない議論が巻き起こるたび「大将」に向かうのも、いつものコースと言えた。


　二階に上がると、尚人はタレの付いたつくねを頬張りながら、気怠そうにスマホを触っていた。テーブルには若鶏の唐揚げやシーザーサラダが置かれている。「先に着いた方が好きなものを頼んで勝手に始めていていい」というルールも、いつの間にか僕らの中で、習慣化されたものだ。

「お疲れ」

「お。お疲れー」

尚人は口元に蓄えた髭（ひげ）を触りながらニヤリと笑ってこちらを向いた。薄い顔によく似合う髭だが、営業職なのに髭が許されている三年目社員というポジションは彼独自のものだと尊敬するし、もしかしたら許されているのではなく、諦められているのではないか？　と心配になることもある。

席に着くと、階段ですれ違った際に店員に頼んでおいたハイボールがすぐに運ばれてくる。グラスをガチャンと鳴らすと、尚人は飲みかけのビールを一気に流し込んで、ホッピーの白一つ！　と叫んだ。

「んで、ほんと、どーしようかねえ」

口に薄く白い髭を作りながら、友人はちょっと大げさにボヤく。真剣な話ほど他人事のように話す彼の癖は、どこか悩みが軽くなるようで嫌いじゃなかった。「んー」と考える素振りを見せながら、僕も正解なんてないクイズの答えを探す。

尚人は、営業から企画職への転職なら、可能性があるのではないか。自分が今のキャリアのまま転職サイトに登録しても、今と似たような仕事をするスタッフ部門への転職しか斡旋されないことを知って、それよりはマシだなと最近おもっていたところだった。

「実際、ムズいよね。質にこだわらなければ、入社できる会社はいくらでもあるだろうけど、ネームバリュー目当てで今の会社に入ったくらいだし、転職先も、それなりに名前ないと、さすがに心配じゃん？」

できれば今より収入は落としたくないし、待遇がブラックすぎるところに行くのは、まっぴら御免だった。尚人の意見に、深く頷く。運ばれてきた白のホッピーは、ドボドボと音を立てて、あっという間に量を減らした。

福利厚生は、なんだかんだ言って大事だ、ネームバリューも、社会から信用を得るためには大切だ。

内定者時代、明大前の公園で彼女にそう伝えると、小さなアパレルブランドで働くことが決まっていた彼女は、「安全な道に進みたくなる気持ちは、わからなくもないけどね」と、何かを見透かすように言った。

そういう彼女は、社会の評価よりも、自分の評価で行動できる人だった。僕は時にその姿が、眩しすぎて憎く感じることすらあった。

「まあ、高望みしすぎなのは、わかってるんだけどね」食事のメニューを眺めながら、相棒は言う。

「俺、地方出身じゃん？　地元のやつからしたら、東京の大学に入って、大企業で働いてるなんて、もうめっちゃくちゃマイノリティよ。そんなやつ、ほんの一握り」

僕も大学に入ってから、そのことは薄々実感していた。地方出身の友人から地元の話を聞くたび、僕の経験したことのない世界が広がっていることだけは、想像がついていた。

「その上、会社とは別のところで勝負したいとか、転職してもっと上に行きたいなんて、まあ、随分と夢見がちなことだよなあって、実家に帰るたびに実感するわ。ほんと、地元のやつらと飲んでると、考えが違いすぎて、気が狂いそうになるもん」

だから、俺にとって東京は、「来る場所」じゃなくて「帰る場所」なんだよ、もはや。

尚人の話を聞いて、彼が僕よりもよっぽど東京慣れしている理由が、うっすらわかった気がした。尚人が見ている景色と、僕が見ている景色は、きっと同じものでも、違うように映っている。そういう意味では、全く同じものの見え方・考え方をしている人なんて、この世には存在しないのかもしれない。

高円寺の夜に、スーツは似合わない。サラリーマンが飲んでいる姿もよく見かけるが、本来は緩めのデニムに半袖シャツとパーカー、適当な便所サンダルが正装の街だといつもおもう。

資本主義の匂いが届かず、チェーン店が参入しづらい土壌。名前も知らないのによく飲む仲間も複数いるのが高円寺のいいところだと、南口のシーシャカフェはちグラムを経営している元バックパッカーの店主が言っていた。

　大企業の名刺も肩書きも役に立たないこの街は、会社の歯車になることを恐れる僕らが憧れるには、十分すぎる魅力を持っていた。僕らは「大将」を二十三時過ぎに出ると、ローソンでストロングゼロを二本だけ買って、そのまま高円寺中央公園へ向かった。

　この公園に尚人と二人で来ると、やることはいつも一つだ。〝クリエイティブ〟という言葉に憧れる尚人と僕は、ひたすら「世間を驚かせるなんらかの企画」をブレストすることに費やした。酔いに体を任せつつも、できるだけ冷静に頭を働かせる時間が、理想の自分に近づけた気がして好きだったのだ。

「たとえばだけど、八月とかに、渋谷にある道玄坂の照明を六〇パーセントくらいカットしてさ、そのかわり道に提灯ぶら下げたら、涼しげじゃない？　線香花火を店先で配りまくるとか、そういう施策でもやれば、夏も楽しそう」

「いいね、それ。火事対策とかだけ気をつけたら楽しそう。反対側の宮益坂では、坂全体を使った流しそうめんとかしたい」

「それスッゲー楽しい！　渋谷全体が夏祭り会場になっててさ、１０９、ヒカリエ、タワレコ、マークシティ、パルコ、東急ハンズとかで、スタンプラリーすんのも楽しそう」

「うわー、それ、いいなあ。レッドブルが協賛してくんないかなあ」

「出たー、レッドブル。イケてるクリエイティブの大半、レッドブル」

公園の中央にあるオブジェに腰掛けたり立ち上がったりしながら、僕らはストロングゼロが空になるまで、予算度外視の妄想を延々と語り続ける。尚人はいいアイデアが浮かぶたび、iPhoneのメモにそれを保存した。翌朝にはこれが議事録となって、社内メールでまた送られて来る。果たしてそれはいつ使うものなのかはわからない。ただ、その時間だけ、僕らはクリエイティブへの夢を少しだけ見ることができた。

転職に直結することもなければ、明日からの仕事に役立つような話でもない。現実逃避だとわかっていながら、僕らはそれにすがるほかに、この猛烈に退屈な月曜から金曜日を乗り切る方法を知らなかった。ほかにあるとしたら、そんな僕の悩みなんてどれほどちっぽけかを教えてくれる、彼女と過ごす時間だけだった。

改札前で離れ離れになる相棒が、思い出したように僕に尋ねる。

「そういや、お前、彼女とは順調なの？」

「んんー、やべーかも」

「まじ？　別れそう？」

「わっかんない。ただ、連絡あんまり取れなくて」

どうにか笑って誤魔化そうとしたが、きっとうまく笑顔を作れていない。去年のこの時期までほとんどの時間を一緒に過ごしていたはずの彼女が、今ではほぼ、疎遠状態だった。

ストロングゼロでもちっとも鈍らない感情が、ギュッと心を絞る。

「ベタ惚れしてたから、しんどいっしょ」

「そうなのよ、本当にそう」

とっくに終電がなくなった高円寺駅前には、見たことのない楽器で民族音楽を奏でるストリートミュージシャンたちの演奏が鳴り響いていた。褐色の肌を持つ四人のバンドメンバーは、アイコンタクトも取らずに、即興でメロディを紡いでいく。「それじゃ」と言って別々の方向へ進む僕らの背中にも、ビヨンビヨンと奏でられる異国の音楽が、吸盤のようにくっついた。

怠惰と楽園

「何事も一つの柱に負荷を集中させるから良くないのです。三本、四本と支えを作るから、この建物だって安定しています。経済面でも精神面でも同じことが言えるでしょう。一つの柱だけでは、何かあったときにすぐ倒れてしまう。人もまた、二本、三本と柱を持つことで、より強く生きられるのです」

Twitterのタイムラインにたまたま流れてきた副業セミナーに参加したとき、ケンタッキーの創業者のような風貌をした講師が、そう話した。セミナー名は「社畜からの卒業〜副業 or DIE」。今おもえばなぜ参加したのかもわからないが、二〇一五年の僕は相変わらず、何者でもない自分から抜け出すのに必死だった。会社の名刺のほかに個人名刺を自作して、それをポケットに忍ばせることでなんとか自尊心を保って生きていた。

五分に一度は「ノマド」か「フリーランス」という単語を口にする講師は、「一社に留まっているような会社員は、みんなクズです」と何度も言い捨てる。僕はその言葉を一字一句漏らさぬよう、ほとんどパワーポイントしか使っていないMacBook Airに必死にメモした。

あの頃の僕は、「会社」と「彼女」と「尚人をはじめとする数少ない友人」という貧相な三つの柱で人生を成立させていたとおもう。会社が毎日憂鬱であれば、プライベートで日々を満たす以外方法がなかった。そのプライベートにおいても、彼女とすっかり音信不通になっていたあの夏は、湯に潜ったように全てがぼんやりとしていた。泳ぐ気力も這い上がる気力も生まれず、沈んでいく中で思い出すのもまた、彼女との怠惰な日々のことばかりだ。浮上する方法は見つかりっこないまま、人生は迷走を続け、季節が過ぎるのを待っていた。

＊

二〇一五年の夏は、夢の中でもセミが鳴くほど太陽が元気でひたすら暑かった。群馬県では最高気温が三九度を超えたと報道され、ＳＮＳには「もう風呂じゃん」と悲観に楽観を交ぜて嘆く人がたくさんいた。七月の熱中症患者数は過去最多になったとキャスターが告げ、降り注ぐ陽の光はさながら、針か槍のようだった。

僕は人よりも汗っかきで、緊張すると、冬場でも汗だくになる。高校時代はそのせいで、女子ともまともに会話ができず、通学中の有楽町線の車内では、多汗症についての悩みを打ち明けるＷｅｂ掲示板をひたすら更新していた。

社会人になったからといって、体質が激変するわけじゃない。相変わらず夏が苦手な僕は、白線の上を歩くゲームのように、できるだけ日陰を探しながら高円寺の駅まで向かう。なんとか改札まで辿り着くと、すし詰めになった総武線に体を押し込み、滝のように流れる汗を、ポケットタオルで拭い続けた。

世間はクールビズだと言って、半袖の開襟シャツでオフィスへ向かう人も増えているのに、僕の腕にはいつだって、スーツセレクトで買った二万円のジャケットがぶら下がっていた。

なぜ時代に逆行するように、毎日ジャケットを持って出社しなければならないのか。印刷工場は時に、騒音被害などで近隣住民からのクレームが入ることがある。そのとき、真っ先にジャケットを羽織り、ネクタイを締め、菓子折りを持って謝りに行くのが、総務の仕事の一つだった。「急なトラブルの際にも謝罪対応ができるよう、ジャケットは常に持っていること」。梅雨明け宣言の同日に指示された業務命令を聞いたとき、あまりの理不尽に卒倒しそうになった。ディス・イズ・ブラック。上司の判断は、正しいのかもしれない。正しいのだとしても、正しさだけで成り立つ世界は、こんなにも生きづらさに溢れてしまうのだろうか。

干からびそうな体を引きずってオフィスに到着すると「クールビズ！　社内のエアコン設定温度は二七度に！」とワードで書かれた、社内向けの啓蒙ポスターが目に入った。湿度のせいか、四辺はくるくると内側に丸まっていて、不快指数を表すように、壁にじっとりと貼りついている。

「本当に暑いですね」

フロアに入ってきた桐谷が汗を拭いながら言う。当たり前のことを言われてムッとするくらいには、本当に暑い。エアコンの設定温度が二七度なだけで、実際の室温は三〇度をとうに超えている気がする。デスクに置いてあったうちわをバタバタと扇ぎながら、今日やることを確認するために手帳を開く。ふと横を見ると、「休んでる間、これだけお願いします」と付箋の貼られたA4ファイルが目に入った。

隣の席の先輩が、今日は欠勤している。暑いという理由だけで休めるような会社なら理想的だとおもったが、その先輩が昨夜、「夏フェスのために休むのだ」と意気込んでいたことを思い出した。

先輩は毎年、フジロックフェスティバルに行くことだけを楽しみに生きている。フェスの該当日だけでなく、その前後二日間もしっかり有給を消化するので、かなりの気合いが感じられる。休みに入る前日がもっとも機嫌が良く、復帰した日がもっともやつれた顔をしている。

そんな先輩が休みに入る度、部長はイヤミを抜かした。「有給はもちろん好きに使っていいんだけどさ。総務部が積極的に遊びに出かけちゃうと、有事のときに困るよねえ」

過去には「三年連続で一日も休まなかったこと」を得意げに話していた上司だ。考えが変わるには、なかなか時間がかかるだろう。僕らはいつものように部長の独り言を無視しながら、各々の仕事を再開させた。

社会人三年目、七月の終わり。フジロック留守番組の僕らには、ほんの少しの羨望としわ寄せされた仕事だけが、目の前にだらしなく広がっている。

*

「行かないよー。去年も、行ってなかったでしょ?」

一年前、僕の家のソファでアイスを頰張りながら、彼女は言った。フジロックに誘ったわけではない。ただ、カルチャーに詳しかったり、洋楽までしっかり聴いていたりする人は、みんなフジロックに行くイメージがあった。偏見だ。僕から見れば彼女もそうした人間だったから、何気なく尋ねてみただけだった。

「暑いし、怖いもん。ナンパとか多そうだし。見たいアーティストは、ワンマンで行くよ」と、彼女はインドア派の代表のような回答を口にした。そうだよな。そうでなくちゃなと、僕はどこかで安堵する。

確かに彼女は、僕以上に夏が苦手だった。

夏場のうちは夕方を過ぎないとほとんど外出せず、休みの日になれば、僕の家の冷房を「弱」設定に固定して、薄手のブランケットに包まってYouTubeを見たり本を読んだり、ラジオを聴いたりするのが日課だった。

「尚人くんは、毎年行ってるって言ってたね、フジロック」食べ終わったパルムの棒を名残惜しそうに咥えながら話す。ノースリーブから覗く二の腕が、さすがに見慣れたはずなのに、今日も白すぎて驚いていた。

「アイツ、毎年行ってるんだよ。俺も行けばよかったなあ。今年、フランツ出るし、ウルフルズ復活アツいし、ＯＫ ＧＯもストライプスも見たかったたし、テナーも、フジだと気合いが違いそうじゃん？　電気グルーヴも、生で見たかったんだよなあ」

「あー、さっきからなんかソワソワしてるとおもったら、それでかあ」

勝ち誇ったような笑顔を見せて、パルムの棒を僕に向ける。彼女に本心を見抜かれると、取り繕おうとする気持ちすら失せてしまうのだった。

拠点を高円寺に移してから、彼女は本当に頻繁にうちに来るようになった。入居と同時に渡した合鍵はフル活用され、飲み会から帰ると、風呂上がりの彼女がソファでくつろいでいることも、二度や三度じゃなかった。僕のベッドの下には無印良品で買った半透明の衣類ケースが四つ置かれて、そのうち二つには、彼女の下着や部屋着、ヘアアイロンが詰め込まれた。キッチンには彼女専用の食器があるし、風呂場に置いた防水棚の二段目は、彼女しか開けてはいけないことになった。

ある日、ベッド近くのフローリングだけやたらと滑りがいいことに気付き、それが何のせいか二人で推理し合った結果、避妊具のローションのせいではないかと気付いたときには、腹筋が壊れるかとおもうほど笑った。

僕の暮らしに、彼女が交ざる。その濁った部分は、駄菓子のようにわかりやすく甘い匂いがしていた。

「じゃあさ、留守番組の私たちも、なんか楽しいことしよう?」

フジロックの日付が近づくにつれて、不機嫌になったり拗ねたりしている僕を見兼ねて、彼女が素晴らしい提案をした。七月中旬、彼女が買ってきた日本酒でベロベロに酔っ払って、とびきり最高なセックスを終えたばかりのことだった。

「留守番組って言い方いいね。二人でフェスとかするの?」

「いや、フェスから一旦、離れよう？　フジロックに呪われてるって」すぐ横で笑うときに聞こえる、呼吸の音が心地よい。つられて笑いそうになる。

「ごめんごめん、そうね。何する？　何してくれる？」

「受け身なのもどうかとおもうけど」

「だってフジ以上に楽しいこととか、浮かばないもん」

「すごいね。行ったことないんでしょ？」

「ないけどさ」

「行ったことない場所の楽しさなんてさ、わかりっこなくない？　じゃあ、わかった。こうしよう。あれは全部、ウソです！　例年の楽しそうなツイートは全部サクラが仕込んでいて、今年はフランツも来日しないし、ウルフルズは復活延期。ＯＫ　ＧＯもストレイテナーも出ないいし、会場は大型の竜巻と台風に襲われて、空からカエルが降ってくる。フジロックほど最低な場所はないいし、私たちが過ごす場所ほど、最高なところはないみたいだよ。すごくない？」

「待って、無理。好き。抱きたい」

「うん、ありがと。二回戦する？」

　彼女のめちゃくちゃな発想が僕にはズバズバと刺さっていた。

そんな簡単にフジロックへの嫉妬や羨望が消えることはない。それでもこの年、フジロックと全く同じスケジュールで二人で旅行に出かけたことは、夏フェス五十年ぶんくらいの価値があったと、今ではおもう。

金曜の夜。仕事を早めに切り上げて、彼女の家までレンタカーを走らせる。「旅行中はフジロックに出演するアーティストの曲を一切聴いてはならない」彼女が作った厳格なルールに基づいて、カーステレオからはフジファブリックが流れていた。助手席に乗り込んだ彼女は、「アーティスト名に〝フジ〟が入っているのはアウトじゃないの?」とシビアなジャッジをかます。世界一可愛い審査員を乗せた車は、スムーズに進んでいく。

夏の夜の高速道路を、カローラが走る。一般道から高速に乗るときに、いくつもギアを変えて加速したが、それが落ち着くと、一般道よりもゆっくり走っているように感じられた。トラックや高速バスが、魚群のように道を流れている。防音壁の外側に建っているラブホテルが、恨めしそうに後方に姿を消した。

彼女はサービスエリアが好きだった。サービスエリア特有の味がする醤油ラーメンやうどんを好んで食べたし、サービスエリアの露店でしか見たことのない揚げ物や団子を、いちいち買っては車内に持ち込んだ。見たことのないゆるキャラのキーホルダーをお揃いで買ったり、アイスカフェラテが作られる様子をライブ映像で映す自販機の無駄さに笑ったりしていた。「こういうところで買う方が当たりそうだから」とスクラッチくじをまとめて買って、惨敗したこともあった。

たくさんのパーキングエリアやサービスエリアに立ち寄りながら、目的地へと向かう。チェックインの予定時刻はとうに過ぎていたけれど、彼女との旅は目的地に向かうまでで六割は元を取ったようなものだった。別段焦ることもなく、僕らは走行車線をダラダラと走り続けた。

楽しいときこそ、やらかす子よね。

母親から何度もそう言われて、いつしか自覚するようになっていた。僕は浮かれたりはしゃいだりすると、すぐに周りが見えなくなってしまう子供だった。中学入試に受かったとき、興奮のあまり一緒に勉強をしていたクラスメイトに電話をしたことがあった。そのとき、友達はちょうど全敗が確定したばかりで、大号泣している最中だった。

中学に上がってからも同じだ。クレーンゲームでドラゴンボールのフィギュアが取れたとき、浮かれるあまり、財布が入ったカバンを丸ごと置き忘れて帰った。気付いて取りに戻ってみたら、ソフトモヒカンの金髪のお兄さんが僕のカバンを物色しており、財布の中身は全て抜かれて、軽くなった学生カバンとフィギュアだけが返された。

いいことがあると、悪いことも起こる。しっかり脳裏に刻んでいたはずなのに、その夜、僕は久々にやらかしていた。

高速道路の出口近くのファミリーレストランで休憩した後のことだった。車に乗ろうとしたら、ポケットに入っていたはずの車のキーが、見当たらない。

「ファミレスか、この近くにしか、落としようがなくない?」

「でもその前に、周辺ちょっと、散歩しちゃったよね?」

「あー。した。したね。確かに。あっちだとしたら、めっちゃ暗いよね」

「やっぱり?」

時刻は二十三時に近かった。手元にあるのは、財布と携帯電話だけ。そのほかの着替えや充電器などは、車内に残したままだった。

「とりあえずファミレス見てくる」と言ったものの、こういうときこそ嫌な予感ばかり当たる。やはり店内では発見されず、入り口から車までの道も、ゆっくり歩いて探してみたが、見つからなかった。

「いやー、これは、やらかしましたねえ」

彼女は露骨に明るい声で言った。この場を重たい空気にしないためにわざとやっていることだとわかると、尚更気持ちは、落ち込んだ。

周辺を散策したときに確認した限りでは、この近くには、交番もコンビニもない。夏場とはいえ、小雨も降り始めた長野県の山の麓は、半袖では不安になるくらいには気温が下がってきている。

アウターすら持っていない僕らは、それなりに危機的な状況にあるようにおもえた。

「本当にごめん、どうしよう」

「ううん、誰だって落とし物はするし。大丈夫だよ」

どうにかなるよと言いながら、彼女は腕を伸ばして、僕に抱きついた。

ファミレスから店員が出てきたかとおもったら、入り口の扉にＣＬＯＳＥの看板を立てかけた。

雨粒は、徐々に大きくなってきていた。

とりあえずレンタカー屋に連絡を入れてみると、鍵のない車をレッカー移動させることと、代車が手配できるのは翌朝になることが決まった。つまり、今夜は自力で移動手段を確保しなければならない。元から予約していたホテルには到底辿り着ける距離にいないので、一旦キャンセルして、近くのホテルを探す。キャンセル代を支払う方が、そこまでのタクシーの移動料金より安く済みそうだと、判断した結果だった。

スマホからじゃらんを開いて、近そうな民宿やホテルに、片っ端から連絡していく。多くの宿は満室で、そもそも電話が繋がらないところも多かった。七軒目でようやく空きが見つかったけれど、空いているのはロイヤル・スイートしかないと言われてしまう。

「さすがに、ほか探すしかないよね？」スマホから少し耳を離して、隣にくっついたままの彼女に尋ねる。そうだね、ほかを探そうか。そう言われるとおもったのに、返ってきた答えは予想をおもいきり裏切ってきた。「こういうときこそ、贅沢しようよ」

「いや、マジで高いよ？　だって、スイートの上だよ？　わかる？」

「わかるけど、でも絶対に、フジロックより楽しくない？」

「そりゃあ、そうかもしれないけど」

明大前の公園で僕を手招きしたときと同じように、何かを企んでいる笑顔で、彼女が僕を誘った。

「だって、めっちゃ面白くない？　こんなペラッペラの半袖ワンピースとTシャツ着た貧乏カップルが、雨の中、財布と携帯しか持ってないのに、ロイヤル・スイートに泊まるんだもん。絶対に忘れないよ、そんな日のこと」

恋は盲目であり、強欲であり、純朴だ。いくら長野の中心から離れたホテルとはいえ、ロイヤル・スイートともなれば、社会人二年目の僕らには十分すぎるほど高額な宿泊代金だった。それでも彼女の人生に「絶対に忘れない一日」を作れるのなら、僕はいくらでも支払っていいとおもってしまった。要は納得感の問題なのだ。そう言い聞かせて、人生で初めて、ロイヤル・スイートの部屋に泊まることにした。どう考えたって、フジロックの通し券より高い金額だった。

さすがにＶＩＰ待遇となったのだろうか。ホテルは送迎バスを手配してくれて、いかにも金のなさそうな僕らのところへ迎えにきてくれた。

着替えも持っていない僕らは、プールのように広い風呂に長々と浸かった後、また同じ下着を穿いて、お揃いのごわごわしたバスローブに身を包んだ。

恐らくはバブルの絶頂期に建てられたのだろう。シャンデリアが眩しいホテルの一室で、僕らは濡れた靴下を干す場所を探していた。ドアノブはどうか。マッサージチェアの脇はどうか。ハンガーの端はどうか。

どう考えても場違いなシチュエーションがやけに楽しくて、ずっと笑っている僕らがいた。

「絶対これ、フランツ見るより楽しいって」

「フランツ、靴下を干す場所探しに負けるの、ウケるなあ」

非日常な空間のせいで、とにかくハイになっていたのかもしれない。冷蔵庫から有料のエビスビールとスーパードライを取り出すと、二人でほぼ一気に飲み干した。

キングサイズのベッドをフル活用して、普段はできないような体位をここぞとばかりに試す。コンドームを置かないことで唯一ラブホテルとの差別化を図ったようなその部屋で、初めて隔たりを越えて、彼女の中に僕がいた。溶けるような快感が、脳の先まで走って、唾まで甘くなる。高円寺でも苗場でも軽井沢でもない雨の中のスイートルームが、僕の忘れられない場所に変わった瞬間だった。

短くてもふわりと弧を描くやわらかい髪、オーバーサイズを好む洋服のセンス、笑ったときに見える八重歯、メガネをかけるとずりおちる低い鼻。日本酒とハイボールを好み、デザートは別腹にはならず、好きな季節が冬で、ぶっきらぼうなところがある割に「お仕事」や「お休みの日」みたく、意図せず丁寧な言葉を使うこと。接客業に向いてない細い声、エスカレーターに乗ったときだけ同じ高さになる身長、酔いつぶれたときにベッドまでは軽々運べる体重、控えめな胸と、セックスのときに呼ばれるのが好きな名前。適度に嘘をつき、怒るときは沈黙を選び、きちんと泣くこと。現実的に生きるくせに、テレビや雑誌の占いをきちんと信じること、生き方をそのまま表したような控えめなくしゃみ、ＢＣＧ注射の薄い跡が残る二の腕、太ももの内側にあるホクロ。突然会うことになると、決まって下着がダサいこと。

その全てが彼女らしさに溢れていて、僕の理想の女性像のハードルをどんどん高くしていった。オーダーメイドかと錯覚するほどの存在が、すぐ横で眠っていた。この人と、一日でも長く一緒にいたい。強い願いは、執着に変わりつつあった。

あの夜がたった一年前のことだなんて、信じられない。でも、彼女が傍にいなくたって、フジロックは翌年もきちんと開催された。例年どおり、フジロックに行けばよかったと後悔している僕もいた。

家族以上に大切に想う人が離れていったって、この世界は残酷なくらい何事もなく平常運行している。時間は記憶を薄れさせて、体は、彼女の感触を忘れていく。

また、あの夜に戻りたい。

不快指数がひたすら高まっていくオフィスビルの一角で、僕は魔法のような夜を思い出していた。

唯一の憂鬱な真実

「知らない方が幸せなこと」が世の中には多すぎるよなあとおもう。同僚から聞こえた陰口とか、会社での昇進の仕組みとか、知らずに済んだら平穏に生きられたことを、ふとした拍子に知ってしまうから生きづらくなってしまう。

そう悟った日から、僕は人に深入りしすぎることを極力避けるようになった気がする。怪しいな、とおもって粗探しをすると、大体は何かが見つかってしまう。野性的な勘は、男女関係なく平等に備えられている。

大学に入ってすぐの頃、付き合っていた彼女の携帯をなんとなく覗いたら、男の名前がズラリと並んでいた。どの男とも、男女の関係には至っていないのかもしれない。それでも馴れ馴れしいメッセージの応酬を見ていたら、どれも〝それっぽく〟おもえてきてしまって、心はいつの間にか、泥のように沈んだ灰色に変色していた。

遊んでいる様子を感じさせない人だったから、安心しきっていたのだ。安心していたから、油断していたのかもしれない。怒りに任せて問い質（ただ）したら、物凄い剣幕で反発され、大喧嘩になった。信じてよ、などと泣きながら言われても、すでに疑いのフィルターは外せなくなっていた。不信感は最後まで拭えず、そのまま別れることになった。

あのときから僕は、「知らないで済むなら、知ろうとしないこと」をモットーに生きてきた気がする。

それなのに、あの人は僕の知りたくない事実まで、さらけ出すように生きる人だった。そのたび愛は、絶望の縁に立たされ、巨大な荒波にのみ込まれた。

二〇一五年十月。彼女と連絡がほとんど取れなくなって半年が経ったあの日も、その重たい事実だけが、相変わらず僕の心を蝕み続けていた。

＊

ガコガコと製本機が断続的な音を立てて、印刷工場は今日も巨大ロボットの変形シーンのようにせわしなく動いている。ただこの工場がロボットだとしたら、決して最新鋭とは言えないよなあと僕はおもう。どこもかしこも錆ついているし、カラーリングも、サンダーバード2号のように渋い緑色の床がメイン。必殺技の光線なんて出るわけもなく、断裁機で作られた物理的なカッター攻撃がいいところだろう。

ロボットへの変形後の姿をイメージしながら手を動かしていると、隣に立っている尚人が、黄緑の作業着の袖をまくり直して言った。

「こんだけ人件費かけたら、完全に赤字でしょ。ホント、意味ねえよ」

「まあ、そうかもだけど、尚人、意外と作業着似合ってるよ？」

うるせえよと言いながら、戦友は尖った革靴の先端で、僕の足を踏む。

「お前は総務だから駆り出される理由もわかるけど、営業部の俺らまで工場に詰め込まれたら、誰が売上立てんだって話っしょ」

「あのなあ、総務だってこれが本業なワケじゃないし、むしろお前ら営業部が印刷前にきちんとチェックしてたら、こんな酷い目には遭わなかったワケでしょ？　なんでお前らが偉そうな顔してんだよ」

「うるせえな、むしろ、世に出る前でよかったっつーの」

誤植。印刷物において、起きてほしくはないものの、稀(まれ)に生じてしまうトラブルの一つが、誤字脱字や発色不良によるミスだった。

誤植等のミスは、依頼元である出版社が責任を負うパターンが大半だ。でも今回は下(げ)版(はん)のタイミングでうちの会社が古いデータを取り込んでしまい、誰のチェックにも引っかかることなく八万部の印刷を終えてしまったために、こちら側の責任とみなされた。

結果、待ち受けていたのが「八万部のムック本に訂正シールをひたすら貼り付けるだけのカンタンなお仕事、ただし納期は三日後」というタスクだった。緊急対応のため、営業やスタッフ部門の人間も含め、従業員が五十人ずつ、交代交代で駆り出された。

入社三年目にもなればこの展開も慣れたものではあるけれど、かれこれ四時間、陽の光の入らない工場の片隅で延々と訂正シールを貼り付けていると、気を抜けば一瞬で魂が飛びそうになる。

「やあ、モノづくりって感じするわ」皮肉を込めてそう言うと、「これぞ、ソリューションってやつですよ」と尚人もヤケ気味に返した。今朝から取り組む予定だったTo Doリストは、もちろん一つも消化できていない。

「こりゃあ、今日も『大将』コースだな」

「肉体労働後のビールはさぞ、うまいだろうねえ」

あの無愛想な店員が出すキンキンのビールを思い出すだけで、喉がゴクリと音を鳴らした。目の前に積まれたムック本の山は、消化し終えたかとおもったら横からどんどん補充されていく。生き地獄とはこのことを指すのではないか。終わりが見えない作業にいい加減ゲンナリしてきたところで、横にあった製本機が、なんの予告もなくガタタンと音を立てて、停止した。お、休憩？　と、尚人が口にしたその直後だった。

「指！　誰か、救急車！」

遠くから聞こえた野太い叫び声は、製本部門の部長のものだとすぐにわかった。

振り向くと、製本機の上に設置された赤い回転灯が光を放ち、グルグルと忙しそうに回っている。これは、緊急停止ボタンが押された合図だ。

「え、なに、ヤバそうじゃない？」

「うん、事故だ。指、飛んでるかも」

「は？」

　僕は訂正シールを投げ出すと、声の聞こえた方へ足を向かわせる。営業や企画部門の応援部隊は全員棒立ちで、時間が止まっているように感じた。

　ゴム素材のような緑色の床に、わかりやすく血痕が続いている。血の色がかなり濃くて、傷の深さを物語っている。ヘンゼルとグレーテルの童話を、おもいきり最悪のシチュエーションで描いたようだった。

　血痕は、工場事務所まで僕を案内している。

「部長！」

「いいとこ来た！　氷とビニール袋持ってこい！」

　工場事務所に入ると、青ざめた表情で、白いタオルを赤黒く染める工場職員が、ベンチに座っていた。その隣に座る部長が僕を見るなり名前も呼ばずに指示を飛ばす。受話器を置いたばかりのところを見ると、救急車はもう呼んだ後かもしれない。工場職員の低い唸り声と荒い呼吸音が、事務所内に響いていた。

　氷と、ビニール袋。

一年ほど前に開かれた総務部内の勉強会を思い出す。不慮の事故によって稼働中の機械に手を巻き込まれ、指を切断するケースが起きた場合、落ちた指は、氷で満たしたビニール袋に入れて、患者と一緒に運ぶ。対処が早ければ、指はまたくっつく可能性があるため、救急車が到着するまでに、その処置を終えておくのがベターだ。

「指を探せ」と言っていたから、切断された指は、まだ製本機の中か、勢いよく切断されていれば、その周辺まで転がっていそうだ。

自分の指が切り落とされる想像が膨らんで、おもわず両手を小刻みに握ったり離したりした。救急車がこの工場に到着するまでは平均七、八分。それまでに指を見つけ、氷の入った袋に入れなければならない。事務所から出る直前、真っ赤になったタオルで手を押さえた工場の従業員が、顔を歪めて部長に寄りかかっている姿が見えた。製本するための糊（のり）の匂いが充満する工場フロアの隅、クリエイティブともソリューションともかけ離れた現実が、目の前に重たく広がっている。

「工場食堂が製本フロアから比較的近い位置にあるのは、事故のときに対応しやすいからではないか」総務部長が冗談混じりに言っていた皮肉が、頭をよぎる。昼食時を過ぎて人がまばらになった食堂へ駆け上がると、「すみません事故です！　氷とビニール袋お願いします！」と、誰に向けたわけでもなく叫んだ。

食堂の店員が、慌ててキッチンから飛び出してくる。普段はどれだけ「普通で」と言っても笑顔で超大盛りにしてくる食堂のおばさんが、慣れた手つきでビニール袋に大量の氷を入れ始めた。

「どこの部署?」「製本です!」「またか。部長が代わってから続いてるね」

普段の「食堂のおばさん」の気配とは、まるで違っていた。そもそも、なんで食堂のおばさんが、工場の事故頻度すら把握してるのか。ゲームや映画に出てくる「妙に情報通な一般人」が浮かんだ。こういう人が、物語の後半で大きな役割を果たすんだ。

「はいこれ、急いで!」カウンター越しに氷入りの袋を渡されて、我にかえる。情報通のおばさんが、僕を追い出すような仕草を見せた。人生で一番シビアな借り物競走。製本フロアまで、また全力でダッシュする。

現場に戻ってきた僕が目の当たりにしたのは、警戒色のランプが騒がしくフロアを照らす屋内で、さっきまで不平不満の塊のように手を動かしていた五十人近くの応援部隊が、四つん這いになって指を探している異様な光景だった。

「氷、持ってきました!」

フロアのどこかにいるであろう部長に向かって叫ぶと、這いつくばっている社員たちの視線が一瞬こちらに集中した。ゾンビ映画のワンシーンのようになったフロアを横目に、事務所に滑り込む。そこにはもう部長や本人の姿はなく、桐谷が一人ぽつんと立っていた。肩で息をしているところを見ると、今まさに到着したばかりなのだろう。

「桐谷、どしたの？」「部長から連絡いただいて、足立さんの健康診断結果をプリントアウトしてきたんです」後輩は呼吸を整えながら、Ａ４用紙に記載された健診結果を差し出す。

「足立さん」突然出てきた知らぬ名前を、おうむ返しで声に出してみる。そこで初めて、指を飛ばした人が「足立さん」という人物であることを知った。

「救急車に乗せる際に、健診結果を持っていくようにって」

言われてみれば、勉強会でそんなことも習った気がする。頭の中は、氷とビニール袋のことしかなかった。

「たぶん、出口に向かったんですよね、急がないと」

「でも、指はまだ出てきてないんでしょ？」

「とりあえず止血するために、救急車が先に出ちゃうかもしれないです」

「ああ、そうか、じゃあ、出口に向かうか」

「いや、二人で行く必要ないですよ。私、出口に向かうので、指を探す方、お願いしていいですか？」

　この状況においても冷静な桐谷に、何故か腹が立った。指を探したくないだけかもしれないとおもいつつ、二手に分かれることを決めて、別れを告げた。救急車のサイレンが、近づいてきている。

指は、救急車のサイレン音が消えて少しした頃に、製本機の中から発見された。見つけたのは、製本部門に採用された五十代のアルバイトスタッフだった。彼は前歯のない口を大きく開けて、宝探し中の子供のような笑顔で「あったよ、あったよ」と喜んで見せた。

　僕は部長の指示どおりに、少し結露したビニール袋を広げて指を入れると、「走るな危険」と書かれたポスターを横目に全速で工場の出口に向かう。

　救急車は足立さんに最低限の処置を終えて「指待ち」している状態だった。僕が救急隊員に袋を渡すと、すぐに車は動き出す。サイレンの音が再び鳴り始めたかとおもうと、その音はまただんだんと、小さくなっていった。

　僕らができることは、一旦、ここまでのようだった。工場内から、製本機が動き出す音は、まだ聞こえない。大型のトラックやリフトが行き来できるように広くつくられた工場用駐車場は、ひどく閑散としている。遠くに見えるビル群から、都心の喧騒を吸い込んだ風が、障害物を乗り越えるように僕をすり抜けた。非日常の緊張がばさりと解けたと同時に、疲労感がドッとまとめて、押し寄せた。

＊

桐谷と職場に戻った頃には、時刻は十六時近くになっていた。

今朝から離席しっぱなしだったデスクのキーボードには、待ち構えていたように無数のメモが刺さっている。いずれも「至急、折り返しください」と書かれた内容のものばかりだが、全ての返事を明日以降に回しても、大して困らない気がした。

誤植訂正のシール貼りと、日々の仕事。同じ給与なら、どちらがマシだろうか。どちらにやりがいがあって、どちらがラクだろうか。切断された指を見つけたときに、アルバイトスタッフが見せた、前歯のない大きな笑顔。あんな風に笑えるほど楽しかった仕事が、僕に一度でもあっただろうか。

以前、彼女が働くアパレルショップまで、彼女を迎えに行ったことがあった。顧客と楽しそうに談笑している彼女は、お世辞抜きに店内で一番明るくて、輝いていた。

僕以外に向けられた笑顔を見て、少し寂しくなったあの日のことをぼんやりと、思い出していた。

深夜残業手当が発生するギリギリ手前でタイムカードを切ると、尚人とたまたま同じタイミングで、オフィスを出ることになった。

営業本部はフレックス勤務だから、いつ帰っても問題はない。尚人はそのメリットを、この会社で最もうまく活用している人間だったとおもう。そんな彼でも四時間工場に拘束されると、さすがに遅くまで残業せざるを得ないようだった。

靖国通りと並行しているオフィスから駅までの道は、知らぬ間に木々から葉が落ち始めていた。落ち葉は踏まれるたび、乾いた音を立てる。ジャケットだけでは少し肌寒いこの時期が、何をするにも快適で好きだ。工場応援についてひたすら愚痴っている尚人の声を聞きながら、彼女が昨年、この時期に着ていた、コーデュロイのアウターを思い出していた。

今、どこで、何してるんだろう？

忘れようのない笑顔と、忘れつつある彼女の感触を脳に浮かべた。赤信号を待つ間に吹いた風が、カミソリ負けした肌にやけに刺さった。

総武線に乗り込んで、尚人と横並びになって吊り革に摑まると、車窓に映った友人の髭がまた少しボリュームを増したことに気付いた。丈の短いジャケットと、プレスがしっかりかかった細すぎるパンツ。先の尖った茶色い革靴はいつ見ても凶器みたいで、先ほどまで一緒にシール貼りをしていたとはおもえないスタイリッシュさが、今日はやけに滑稽に感じた。

「やっぱこの仕事、向いてないかも」

短いトンネルに入って、自分の顔がハッキリと車窓に映った。明らかにやつれていて驚く。

「お前がこの仕事向いてないっていうの、何回目かわかんないな」

「でも、今日は本当におもったんだって」

事故が起きたあのとき、僕は突然訪れた非日常に、不謹慎にもひどく興奮していた。自分にだけ特別な仕事が与えられたように感じて、緊張ではなく興奮で、高揚していたのである。

わずか二十分ほどのことだ。でもその時間は、普段自分がどれだけ退屈な時間を過ごしているのかを思い知るには、十分すぎる長さだった。

減点方式ではない人生。

そんな言葉が頭をよぎる。総務部の仕事は、誰がやってもできて当たり前、間違いは許されない世界だ。百点満点だけが価値を持ち、それ以外は極力排除されていく。機械のように働く日々が、僕にはしんどかった。

何かを企画して、カタチにして、世に広めていく。そんな働き方がしたいと、学生時代によく面接官にぶつけていた。あの漠然とした情熱の意味が、今になってようやくわかる。たぶん僕は、単純に、誰かに褒められたかったのだ。

加点方式の人生とは、そういうことだ。ゼロからスタートして、十点でも二十点でもいいからプラスを積み重ねていく。誰かの助けになったり、元気づけたりする。その結果、誰かから、それも、多くの人から、もしくは、自分にとって特別な存在から、認められたり、褒められたりする。そんな経験をしたいだけだったんだ。

きっと、あの製本工場でアルバイトスタッフが見せた笑顔も、「加点方式の人生」を味わった喜びから生まれたものだったとおもう。普段は指定の場所に印刷物を運ぶことだけが全てだった彼に、突然、特別な仕事が与えられた。「できて当たり前」ではない仕事で成果を出して、周りに認めてもらった。その瞬間、彼は、笑ったんだ。

僕は、あのアルバイトスタッフのようになりたかった。

「不謹慎だってわかってるよ。でも、あんなに緊張感のある時間、なかなかなかった」

「じゃあ毎日、誰かの指を切断させるか？」

「それ、もうヤクザじゃん」茶化す友人に少し腹を立てる。尚人は僕の考えについて、否定的なようだった。

「営業部門だって、売上目標がある以上は減点方式みたいなもんだよ。未達成だとめちゃくちゃ怒られるもん。それに、非日常的なイベントだって、毎日それが起きたら、ただの日常になっちまうんだよ。ヤクルトが十連敗したときだって、最初はみんなヤベーヤベーっておもってたはずなのに、きっと途中から危機感が麻痺して、負け癖がついたんだよ」

「野球のことよくわかんないけど、ヤクルトの十連敗と毎日指を切る仕事は、ぜんぜん関係なくない？」

「うるせえな。なんだよ、十連敗って」

「尚人さ、キレどころが完全にズレてるからね？」

　こうしていつの間にか本題から外れて、そのうち本題がどんな内容だったのかもわからなくなって、なんの解決もしないまま「まあいっか」と笑い飛ばして終わることがよくある。これまでも、これからも、きっとそれは続いていくのだろう。でもこの日、僕は確かに、この退屈な社会人生活の原因がどこにあるのかを悟ったのだった。

新宿南口の改札前は、今日も多くの人が行き交い、賑わっているというよりはゴミゴミしている印象が強い。僕はこの場所が、大きな生き物が口を開けて、人々をのみ込もうとしているように感じることがある。人の流れが、方向性の定まらない大渦のようなものを生んでいて、僕らはスルスルとその渦の中心に吸い込まれる。大きな口が開いてのみ込まれた後は、初めて自分が全体のうちの一部分になれた気がして、焦るどころか落ち着くように、歩く速度を周りに合わせて、流されるように進んでいく。

都会に馴染むということは、そうして何か大きなものにのみ込まれて、没個性化し、同一化されていくことに似ている気がする。それは、大きな会社に入って、社員としてその一端を担うことにも、似ている気がする。

今日はてっきり高円寺の「大将」に行くかとおもっていたけれど、「ラーメン食いたいな」と言った尚人の一言で、僕の胃袋も完全にラーメンを欲するようになり、新宿駅で途中下車することになった。

こういうとき、僕は尚人が趣味のように集めているラーメン情報を、かなり重宝している。ラーメンが食べたくなるたび、尚人のことをGoogleか何かのように扱い、情報を引き出す。持つべきものはいつだって、ラーメン情報に詳しい友人なのだ。

今回も、尚人が見つけてきた、東南口からすぐのラーメン屋に入ると、ビールとラーメンを注文した。スープが空になって丼の底が見えるまで、何本か追加で瓶ビールを注文して、腹と喉を癒す。

大人になった実感なんて普段はなかなか湧かないけれど、社会人になって初めてスーツ姿でラーメン屋に入り、瓶ビールを飲んだとき、なぜかちょっとだけオトナに触れた気がした。成果とか実績とか責任じゃない。ただ所作が「おっさん」っぽくなっただけでオトナと錯覚できたくらいには、新卒一年目の僕らには、それがどんなものかわかっていなかった。

「最近、おもったんだけどさ」

「何？」

「人生は、打率では表さないんだよ」

「どゆこと？」

いつの間に酔っ払っていたのか、尚人の顔は、いつもより赤黒くなっている。

「野球と違って、何回打席に立ってもいいし、何回三振を取られてもいいの。ただ、一度だけ特大のホームランを出す。そうしたら、それまでの三振は全て、チャラになる」

「あー、それって、ライト兄弟が飛行機つくるのに散々失敗したけど、最後には結局成

「そうそう。野球は、打率が下がったらレギュラーから外れちゃうでしょ。でも人生は、何回空振りしていようが、一発当たれば認められる。だから、打席には多く立った方がいいのよ、きっと」

要するに、それも加点方式ってことだよな、とおもいながら、疑問を戦友にぶつける。

「でも、人生における〝打席〟って、何を指すの？」

「起業でもいいし、転職でもいいんじゃない？　要するに、環境を変える全てだよ。今よりはマシだとおもう環境に飛び込もうとすることの、全て。もしかしたら習い事だっていいし、結婚もそうかも。飛び込んでみて、ダメならやめる。全部、そのくらいでもいいのかもよ」

「行動が全て。だから、ビビんな！　ってこと？」

「そうそう。バッターボックスから降りられない状況つくって、バット振り続ければ、いつか一本くらいホームランが出る。そのときまで、ひたすら三振し続ける日常を受け入れることを、〝覚悟〟って言うんじゃね？」

イチローや本田になれそうにもない僕らに足りないものは、三振続きでも諦めずに打席に立ち続ける覚悟と、それを支えるメンタルなのかもしれない。いつになく熱く語る尚人の意見は、酒が入っているわりに、的を射ているようにおもえた。

「なんか野球の話ばっかりしてたら、バット振りたくなってきた。今からバッセン行かね？」

僕の返事を待たずに会計を頼む相棒の姿が、いつもより少しだけ、たくましく見える。


終電の時間も近づいているせいか、新宿歌舞伎町の混雑は、ますます酷くなっていた。駅に向かう人と、朝まで留まろうとする人がそれぞれの流れをつくり、大きな渦は、より複雑になったように感じられる。ネオンの光が激しく主張し合って、食欲や性欲、その他あらゆる娯楽への欲求を強引に呼び起こそうとしてくる。

日本で一番雑な客引きは、ここ歌舞伎町で聞ける「おっぱいどうっすか？」じゃないかとおもう。あらゆる方面に対して失礼な誘い文句を使うキャッチのお兄さんに対して、尚人は「最高っすよねー」などと雑に返して期待を煽り、金額まで聞いたうえで「でも俺たちバッセン行かなきゃいけないんで」と答えて斬り捨てた。どの欲望にも打ち勝つバッティングセンターは強い。

歌舞伎町の奥、ラブホ街の中に突如現れるバッティングセンターは、金曜夜にもなるとほとんど酔っ払いしかおらず、治安は安定してよくなかった。野球に興味の薄い僕からしたら、わざわざ足を踏み入れる場所ではなかったけれど、過去にもここには、何度か来たことがあった。

「お前って、バッセンとか行くイメージないよね」

「あんま好きじゃないもん。下手だから」

「やっぱそうなんだ」

「でも、彼女が好きで、飲みの帰りに、たまに連れてこられてた」

「出たー、彼女」

「うるさいな」

ぶかぶかなヘルメットを被った彼女が、緑のネットの向こう側、金属バットに振り回されている姿を思い出す。

学生時代に一度も運動部に所属したことのない彼女が、素人目で見てもバラバラのフォームでバットを振っていた。時速八〇キロで投げ込まれる白い硬球を、二、三度かすらせるだけで喜んでいた。細くて白い腕が持つバットは、どう見ても頼りなくて、そのアンバランスな雰囲気がまた、彼女の魅力を守り立てていた。

最後の一球、かろうじてバットに当てたボールが明らかなファウルになった後、なぜか満足そうにこちらを振り向いた彼女の笑顔が、熱い湯をこぼしたように、心に激しく侵食してきた。

「相変わらず、連絡ねーの？」

尚人のバットが快音を飛ばす。打率はかなり高い。

「うん、たまーに返ってくるけど」

「前に会ったの、いつだっけ？」

「春過ぎ、くらいかなあ」

「じゃあもう半年くらい、会ってねーの？」

「あー、それ、言わないで、つらい」

「いやー、しんどいねえ」

ボールを装塡(そうてん)するピッチングマシンの駆動音が、休むことなく鳴り続ける。尚人はバットを構え直して、次の球に備える。僕は季節一個ぶん会えなかった人のことを思い出す。

「でもなあ」

「何？」

バコン、と強く音がして、ピッチングマシンが一二〇キロの一球を投げ込む。友人はタイミングよく腰を捻り、白球をおもいきり打ち抜いた。

「いくら好きでも、相手が既婚者だったら、ハッピーエンドは望めねえよ」

ホームランと書かれた奥のネットが、何かに纏わりつくように揺れた。

甘いミルクティーの氷は溶けて

「なんでやめとこうとおもわなかったの。どこがそんなに好きだったの」

社会的に認められない恋を打ち明けると、友人たちは、正義や常識を石のように固めて、嬉しそうに僕に投げた。当時の僕はその質問に、誰も納得しないような、内野ゴロくらいのショボい返答しかできずにいたとおもう。

あのときより少しは冷静になった今なら、幾分まともに考えられる。というか、あっさりと開き直れる。

沼のような関係は、やめようとおもってやめられるほど、浅くできていないのだ。むしろ僕は、友人たちこそ不幸におもう。誰かが止めようとしても、何かが引き裂こうとしても、それでも二人でいたいと強くおもうほど人を深く愛した経験がない人生とは、どれほど淡白で、物悲しいものかと。

今だって思い出すのは、あの高円寺での僕らだ。あのときの僕らは、どう考えたって世界で一番幸せで、最強の恋人同士だった。もう始まってしまったものは、止めようがなかった。あの時間は、どれだけ酷い幕の下り方をしたとしても、揺るぎはしない。

二人の最後の日だって、今にしてみれば、輝かしい彼女がいる世界のうちの、美しい一日だったんだ。

＊

総武線に揺られながら、天国と地獄をイメージしてみる。

「今日って、別れ話するつもりでいる？」僕が冒頭に伝えるセリフがこれだ。それに対する彼女の返事は二つにひとつで、つまり「うん」か「ううん」だとおもう。

「うん」の場合が、地獄。僕は「そっか」と言って、たぶん、少しだけ笑ってしまう。その笑いは、こういうときばかり予感が的中してしまう自分の間の悪さや、「ふざけんなバカ」と罵りたい気持ちを抑えた末の配慮を交えた、要するに逃げ場のない現実に向けた、言い訳のような笑いだ。

「どこかで座って話そうか」と言って、二人でよく通った、新宿三丁目の喫茶店へ向かう。手を繋がずに歩くには、どのくらいの距離が適正だったか、思い出せず少し戸惑う。

新宿に数多く存在するカフェは、大抵は居心地が良くない。クッションのせいなのか、この街の空気のせいなのか、どれだけ深く腰掛けてみても、落ち着く場所が見当たらない。

ただ唯一、彼女が発見した古い喫茶店だけは、いつ行ってもそれなりに空いていて、何時間でもいられる空気がある。

彼女がよく頼んだソイラテと、僕がよく頼んだブレンドコーヒーを注文して、店内を眺める。「いつかあの席でまったりしたいね」と話していた角の席が、きっとこういう日に限って、空いている。そのタイミングの悪さに、また僕は笑ってしまうだろう。

席に着いて上着を脱ぐと、どうして別れを切り出そうとおもったのか、僕はゆっくりと理由を聞き出す。彼女はできるだけ僕を傷つけないように（正確には、彼女自身を傷つけないように）じっくりと言葉を選びながら、説明してくれる。僕はそれをウンウンと聞いて、時に「そっかあ」と相槌を打って、一つも反論することなく、聞き終える。

それで「うん、わかった」と返した後、僕はどれほど彼女を好きだったのか、思いの丈を一度ぶつけてみるのだろう。もう覚悟を決めてしまった彼女の一番やわらかい部分を揺さぶって、その「覚悟」がどのくらいの強度でできているのか、念のため確かめてみるのだろう。

きっと、江の島で食べたシラス丼のこととか、高円寺で通っていたカフェが潰れたこととか、雨の日の水族館のクラゲがやたらとうまそうに見えたこととか、深夜に打ち上げ花火をしたら三分と経たずに怒鳴りつけてきた爺さんのこととか、些細な思い出を、それとなく話したりして、その最中、僕は情けなくも、少し泣くのだろう。

少しでも、彼女の内側に傷を残しておきたい。そうすれば、別れて何年か経っても、ふとしたとき、たとえば愛している人に抱かれているとき、僕を思い出して、ヒリヒリと悲しんでくれるのではないか。

だから別れ話を切り出されたこの喫茶店で、僕は最後まで、素晴らしい彼氏で、素晴らしい男で、素晴らしい人間でいようと努力する。忘れられない存在として、僕を生涯、頭の片隅に置いてくれるように、彼女をひたすら、罪悪感の海に沈めてみる。

これが「地獄」だったパターンのイメージだ。

次は、「天国」だったパターン。

「ううん」と聞いた後、僕は大きく息を吐いて、よかった。あー、ほんとよかったと声に出す。彼女は「そんなこと考えてたの？」といつものように口元を手で隠しながら、笑ってくれる。

「そりゃあ考えるでしょ。あんなに連絡取れなくて、こんなに会ってなかったんだから」とちょっと怒り気味に僕は答える。彼女はごめんごめんと言いながら、相変わらず僕を手玉に取れていることに少しの優越感を覚えるように、余裕のある笑みを見せる。

東京の夜景が綺麗に見えるホテルを予約していることを、彼女に伝える。たとえ彼女が終電で帰るつもりでいても、「じゃあ終電まででいいから、シャンパンでも飲んで、ダラダラしようよ」と提案する。彼女はそんな陳腐な展開を、きっと「最高だね」と歓迎してくれる。

チェックインして部屋の扉を閉めたら、僕はようやく別れの不安から解放されて、おもいきり彼女を抱きしめる。終電が過ぎてもそのままで、翌朝、脱ぎ捨てた靴下や下着を、一緒に探したりする。

「パンツがない」と僕が騒げば、「デニムにくっついてるんじゃない？」と彼女が返して、まさかとおもって確認すれば、見事にデニムにだらしなく巻きついた僕のボクサーパンツが発見される。彼女に全て把握されている事実を、改めて思い知る。

朝食のバイキングではお互いの好きなものを好きなだけ食べて、食後は、レストランから見えた庭園を少し散歩する。部屋に戻ると、チェックアウトの時間まで人生最高のセックスと二度寝を経験して、もう一度アラームが鳴るときは、もちろんキリンジの『エイリアンズ』で起きる。

これが、想像できうる範囲の「天国」のパターンだ。

数十回、どちらのパターンでも対応できるように心の準備をした。

そして今、七カ月ぶりに会った彼女は、想定していた「地獄」のパターンを、寸分の狂いもなく再現し始めた。

＊

「夫が三年くらい、海外出張に出ることになって。実質、独身みたいなものです」

出会った日の夜の公園。冗談混じりに自己紹介した彼女に、目が眩（くら）んだ。

彼女の夫は商社で働いていて、東南アジアにある会社に出向しているとのことだった。連絡はほぼ毎日のように取るが、三年の間、帰ってくることはほとんどないと宣言されたから、いっそ自分も自由を謳歌しようと決めたと、彼女は笑顔で言った。

自由を謳歌すると言いながら、彼女は二人でいるときだって、絶対に指輪を外してくれなかった。手を繋ぐのも、だいたいは指輪のある左手だった。セックス中でさえ、そのリングが外れることはなかった。本多劇場で右側に座ったのも、指輪を誇示したかっただけかもしれなかった。

彼女は僕に、本気になることはない。常にそう警告されているようだった。

既婚という事実は、僕をいくらか冷静にもさせた。彼女という深い深い沼に浸かりすぎないよう、積極的に連絡を取ることは避けようともした。それでも彼女は、月が綺麗なだけで連絡をしてきたし、昨日よりも寒ければそれだけで、僕を求めてくれたのだった。僕も些細な発見や後悔を見つけるたび、彼女に連絡するようになっていき、引き返そう、とおもった頃には、退路は断たれ、彼女しか見えなくなっていた。「彼女のいる世界」は、「彼女しかいない世界」と同義であった。

「そもそも、どうして俺だったの？」

初めて抱き合った、下北沢の雨の朝。左手の薬指にはめられた指輪を撫でながら、僕は彼女に尋ねた。

「今、そういうこと聞く？」不満よりは不安を滲ませた声で、彼女は僕に聞き返す。何かを誤魔化そうとするとき、彼女はいつも悲しそうに笑った。「怒らないでね」と前置きしてから、僕の人生史上、最低最悪の言葉を口にした。

「横顔が、夫に似てたから」

今おもえば最初から、僕らの恋、ではなく、僕の恋には、時間制限がついていた。あくまでも僕は彼女の夫の代わりであって、二番手であって、補欠であった。僕の誕生日も、クリスマスも、それ以外の記念日も全て、二人で過ごした期間は確かにあった。高円寺で過ごした正月はとくに楽しくて、初詣の帰りに買ったベビーカステラを僕が一つ多く食べたことを、彼女はいつまでも怒っていた。アパレル業界なのに初売りをやらない彼女の会社は年末年始もしっかり休みがあって、彼女は箱根駅伝を見ながら餅を食べ続け、母校の選手が映るたびに立ち上がって激励を送り、たすきを繋げられなかった大学に、号泣していた。散々怠惰な暮らしをしたくせに、七草粥だけはきちんと作るギャップにもまた、しっかり惚れ直していた。そんな日々を過ごしても、僕は「一番」ではなく「代理」にすぎず、その証拠に彼女の誕生日だけは、三年間で一度も当日に祝えたことがなかった。

彼女は時に残酷に僕を捨てた。ディズニーランドで二時間待ちのアトラクションに並んだ末、コースターが近づいたところで「ごめん、電話出なきゃ」と泣きそうな顔で言われ、一人列から外れていったことさえもあった（もちろん僕も一人で乗る気はしないから、列から外れ、電話の声が聞こえない距離から、彼女を見ていた。あれは僕の人生の中でもとびきりしんどかったエピソードの一つとなった）。

音楽の趣味も酒の趣味も、全てがピッタリとハマっているかとおもっていた。二人でいるときは邦楽のロックバンドの話ばかりしているけれど、彼女が本当に好きなのは、クラブミュージックやヒップホップだった。僕が夏フェスの特集記事を読んでいるとき、彼女はＤＯＭＭＵＮＥのストリーム配信を見ていて、僕もそれを学ぼうと試みるが、配信された楽曲の背景や文脈を彼女が語るたび、知識差に唖然として半ば諦めることも多かった。

合っていたんじゃなくて、合わせてくれていた。長く時間を共にするほど、それに気付かされるシーンは増えていった。いびつな関係性は、どう直そうとしてもいびつなままで、どれだけ背伸びをしても、彼女の一番になれる見込みはなかった。

「よく耐えるなあ」と、自分に問いかけていた。目に映るもの全てが美しさを持っていて、その美しさはいつか枯れるということを、時間は常に教えてくれた。条件付きの幸せは制限なしの幸せよりも何倍も甘い味がして、何十倍も強い依存性を秘めて、何百倍もつらい寂しさを連れてくる。一ミリより近い距離で彼女と交わるたびに、何千キロも離れたところにいる男に勝てない事実が、想像以上に重たくのしかかった。

彼女は時に僕の腕の中で泣いて、僕は時に彼女のいない夜に泣いた。泣くくらいなら別れてよ、の一言が出てこないのは、決して外れない左手の指輪が、夫の存在を主張してくるからだった。彼女が持つには大きすぎる黒い革の長財布も、いつも重たそうな黒のリュックも、夫のものだったと知ってまた気持ちは地の底まで落ちた。

「一緒にいたいね」と告げると「そうだね」と返してくれる。その言葉の軽さを恨んだ。

好きだと伝えて返してほしい言葉は「ありがと」じゃなくて「私も」だったのに、その言葉は最後まで貰えなかった。

いつか終わる。最終回はあっけなく訪れる。そのことを自覚していた僕は、人ひとりの持てる愛の量が決まっているなら、一生ぶんのそれを、期限付きの彼女に注ごうと決めた。

彼女と夫が一生で千回のセックスをするなら、僕は千一回以上彼女を抱きたかった。彼が百の幸せを与えるなら、僕は百一の幸せを渡したかった。法的に一番になれなくても、精神的に一番になりたかった。あらゆる方法で愛を伝えようと、ただ足掻く日々を過ごした。それでも「おしまい」の合図は、高円寺で半同棲を始めて一年が経った頃に、あっさりと訪れた。

せっかく咲いたばかりの桜を、あざ笑うかのように強い風が吹き荒れた雨の日のことだった。僕の何気ないＬＩＮＥに対して、彼女が既読をつけたのは、送信から十四時間が経過した後だった。

僕らはその日まで、どれだけ忙しくてもすぐにＬＩＮＥに既読をつけて、休憩時間に入るたびに返事が届き、帰り道の電話だけを楽しみに生きているような日常を過ごしていた。彼女が「今日はそっち泊まるね」とか「今から行ってもいい？」と突然言うために、僕は部屋掃除だけがやたらと得意になる日々だったし、相手が好きそうなものを見つけるたびに報告し合い、欲しいものを悩むたびに相談し合う二人だった。

終わりの始まりはいつだって突然で、映画のように劇的でもないのだと、今ではおもう。

「長風呂でも入ってんのかな」が、最初に抱いた感想だった。彼女はたまに一人で、長い時間、風呂に入ることがあった。それがどうやら違うかもしれないと察すると、今度は「飲み会でも行ったかな？」とおもうようになった。彼女は稀に会社の人と飲みに出かけた。しかしそれも違いそうな気がすると、いよいよ「スマホの電池切れかな？」とか「いや、スマホなくした？」とか「事故ったのかも」「これは事件かもしれない」と、一時間ごとにイヤなイメージが巨大化していった。その負の妄想列車の終着駅に、別れという結末の予感が、確かに存在していた。

どれだけこちらが不安や怒りに駆られても、彼女はそれを知るよしもない。十四時間後、ようやく届いた返事は「ごめん、バタバタしてた」だけで、僕はその「バタバタ」に隠された詳細を聞きたかったけれど、結局真相は有耶無耶になった。

「相手への絶対的な好意があれば、どれだけ忙しくても返事はできる」

これは僕自身が実感した、恋愛における一つの教訓だ。現にこれまでの三年間、僕と彼女は、周りからみれば異常なほどに、たくさんの連絡を取ってきた。もしもその相性がズレてきたとしたら、答えは一つ。単純に、彼女の中で僕の優先順位が下がったのだった。


あまりしつこくすると、さらに反応は悪くなるかもしれないな。

重たいことを言うのも、プレッシャーになるかもな。

とはいえ軽い内容だと、あっさりと無視されちゃうよな。

連絡が来なくなった日を境に、ちょっと前までは手に取るようにわかっていた彼女の全てが、赤の他人以上にわからなくなった。たくさんの想いを込めて推敲を重ねた短いＬＩＮＥは、三日四日経って返事が来ればマシな方で、彼女からの淡白な返事を待っている間、睡眠は質も量も低下した。

毎朝、スマホのアラームを止めるたび、サンタを待っていた子供のように期待を抱いて、画面を見た。返事がないことを確認するところから、憂鬱な一日がスタートする。

まるで氷の溶けたミルクティーみたいな日々だった。味はしないのに惰性で飲み干して、苦味に近い甘味だけをわずかに摂取し、グラスについた水滴だけがただただウザく感じられるような、味気ない日々が続いた。

心身を埋め尽くしていた存在が突然いなくなったことで、僕はドラッグを奪われた中毒者のようになった。彼女のそばに夫の影が見えるような気がした。夫じゃなかったとしても、夫の代わりとなる僕以外の誰かが、彼女を魅了している気がした。街中に溢れる、彼女が好きだったもの、嫌いだったもの、身に着けていたものを見るたび、動悸を起こした。

苛立ちと焦りと不安が交互に顔を出した。彼女の下心を僕の真心と交換することで成り立っていた三年が、なかったことにされる予感ばかりしていた。

「もう、好きじゃないんでしょ？」

切り出してしまえば、確実に関係を終わらせられる。それでも彼女には、メールやLINEだけで別れ話をするような薄情な女になってほしくなかったし、いくらなんでもそれでは後味が悪すぎるように感じて、せめて次に二人で会うまでは、全てを受け入れて、耐えることに決めていた。

その途端、これまでは快楽の一つとして頭に浮かべていた彼女の顔が、一日中呪いのように、脳裏に浮かぶようになった。よくあるロックバンドのミュージックビデオのように、淡い彩度で楽しそうに笑う彼女が、まぶたの裏で延々と再生されていた。ただそのどれもが、僕といた頃の彼女ではない顔をしていた。

どうしても我慢ができなくなってしまったのは、話をするにも、次に会う予定が一向に決まらないことだった。「会いたいね」とたまに彼女は言ってくれた。僕がそれに「いつなら空いてる?」と返すと、そこからだいたい返事は途絶えた。会いたいことすら社交辞令だった。とうとう次に会う日すら、決められなくなった二人がいた。

六月の雨が耐えられなくなり、昼から酒を飲んでいたある日。前に送ったＬＩＮＥにも既読がつかない状態のまま、僕はもう一度、この世で一番欲しい人に連絡してしまったことがあった。

「何度もごめんね、次、いつ会える？　このままだと曖昧すぎるから、ちゃんと話したくて」

沈黙は金、とわかっていながら、参加賞すら取れないほどに愚かな行動を取ってしまうことが、稀にある。でももう一度会えれば、もしかしたら全ては解決するのかもしれない。解決しなくても、絶望的に彼女が足りていない僕の心と体は、少しは潤いを取り戻せる。そうおもっての行動だった。また会うことができるなら、どうにかこの世界に生きる希望を見出せそうな気がしていた。

ボツボツと、雨粒が窓を叩く音がする。

僕はあの下北沢の夜を思い出しながら、既読がつく瞬間までスマホの画面を見続けた。彼女が僕のテキストを読む瞬間に立ち会えるだけで、安心できそうな気がした。送信が十五時。そこから夜中の二時まで、高円寺の1Kでひたすら一つの画面を見続けた。十一時間が全く苦には感じないほど、彼女の返事に飢えていた。

そうして彼女のいなくなった世界を半年ほど過ごした十一月初旬の昼下がり。

僕らは、七カ月ぶりの再会を果たした。

*

「突然、帰ってきたんだよね」

喫茶店は少しずつ客が増えてきて、賑わいつつあった。彼女は湯気を立てたソイラテのカップを両手で大事そうに持ちながら、ゆっくりと話を始めた。

僕は「帰ってきた」のが夫であることを念のため確認してから、その状況を、イメージする。

「今、羽田空港ついたよ、みたいな感じ?」

「うん、ほんと、そうだった」

「そりゃあ、突然だ」

「ね」

「それが、連絡つかなかった日？」

「うん、四月。中旬だったかな」

十六日だ。忘れるわけがなかった。そういうことばかり、覚えていてしまうんだ。

「それで、どうしたの？」

「どうって言われても、なんだけどね」

彼女のネイルは、今日も根元まで綺麗に塗られていた。人差し指にはわずかにささくれができていて、乾燥しがちな肌だったことを思い出した。思い出すけれど、きっともう触れることはないのだから、名残惜しさなど、どこかに捨てなければいけなかった。

「帰ってきた日からずっと一緒にいて、だから連絡もできなくて、会える時間も作れなかったんだ？」

違う、と言ってほしかった。たとえば彼とうまくいかなくなって、別居しているだとか、こちらの都合のいい話が出ないものかと、この期に及んで、願ってしまっていた。

「まとめると、そんな感じかも」

肝心なときに、欲しい言葉をくれない人だった。いつも最後には、自分を選んでしまう人だった。こちらの「会いたい」には応えないくせに、彼女の「会いたい」には拒否権がない関係だったように、僕からのサヨナラはありえなくて、彼女からの別れだけを待つ関係だった。彼女はつくづく、彼女のままだった。

「もう、しばらくは出張もないみたいで」

「そっか」

だから、もう会えないってこと？　もうちょっと、何か嘘をついてでも、会える機会だけでも作ろうとか、少しはこちらに前向きな話はないの？　口から出かかって、代わりにコーヒーをおもいきり飲み込む。行きの電車で思考したシミュレーションを思い出して、まずは話を聞こうと決める。

「本当にごめんね、せめて、ちゃんと伝えたかったんだけど」

「だけど？」

「ごめんなさい」

そこでまた、言葉は消えてしまう。

何かを隠してるわけじゃないのもわかる。単純に、タイミングを失ってしまったのだろう。そして、面倒ではあるけれど、すぐに関係を切れるほど、残酷にもなりきれなかったのだろう。

簡単に断ち切れるほどの関係ではなかっただけでも、少し嬉しくなれる自分が悲しい。それ以上に、さっさと切ってはくれなかった、その半端な優しさが憎い。とっくに飲み干したコーヒーには、溶けきれなかった砂糖が、いじらしく残っていた。

「一応聞きたいんだけど」

「うん」

「嘘でもいいんだけど」

「嘘は言わないよ」

「いや、嘘でもいいから、言ってほしくて」

「何？」

「少しは、好きでいてくれた？」

どこまで情けない男だよと、自分のセリフに悲しくなって、目と鼻の間、グンと涙腺が緩む音がした。隠そうとして、鼻の穴が膨らむ。塩水を吸い込んだような苦味が、さらに目元を刺激した。明らかに不細工でダサくなった僕を見て、彼女は何を感じるのだろうか。そもそももう、僕の全てに、何の関心も持っていないのかもしれなかった。

いくらダサくたって、もういいのだ。どれだけ格好つけたって、帰ってきやしないんだから。

まだ泣くには早い気がして、大きく息を吸おうとしたら、ズブブと、蕎麦をするような音がした。彼女の瞳は、こっちを向いていた。

「ごめんね。ちゃんと、すごく好きだったよ」

一切の冗談を含まない真剣な声で、彼女はそう返した。その瞬間、心の暴走をなんとか抑えていた壁が決壊して、ボタボタと涙がテーブルに落ちた。

喫茶店の店員や、角にいるカップルが、明らかにこっちを見ていた。一番奥にいた男子高校生の四人組だけが、全く気付かず少年誌を取り合い、大声で何か叫んでいた。

それらも、視界からゆっくりぼやけていく。

全てを尽くしても離れてしまう彼女を、止められなかった自分の魅力のなさを、ひたすら恨むことしかできなかった。涙の落ちた先、自分の拳を見ると、皮膚には親指の爪が食い込んでいて、血が滲み出ていた。

「ごめんね、あのとき」もう聞きたくもなかった。

「横顔が似てたとか、そんな言葉だけで済ませて、絶対に傷つけたなっておもってた」

聞きたくもない言葉が続いた。

「一緒にいてね、私はこんなに愛されてもいいんだっておもえたのね」

知らねえよそんなの。

「ありがたいことだなあって毎日実感したし、同じぶんだけ愛していたいなっておもって」

知らねえってば。

「ごめんね、本当に幸せだったたし、楽しかった」

もう、いいって。

「それなのに、ごめんなさい」

いいってば。

何度も何度も、彼女は僕に謝り続けた。

謝られるたび、遠くに行ってしまう事実がどんどん明確に、浮き彫りになっていった。

二〇一五年、秋。彼女のいる世界が、三年半の歳月をかけて、終わりを迎えた。

現実まみれの夢の国

「全部、忘れていいよ」

「ミカ」は存在感のある胸を、僕の体に押し当てた。分厚い唇が吸い付くと、それ以上に分厚く感じる舌が入ってきて、口内を乱暴に舐め回す。僕は指先に神経を集中させて、彼女の性感帯を探した。

商売道具として使われている脚、胸、唇。人工的なまつ毛も、整いすぎた鼻も、パーマのしっかりかかったロングの明るい髪まで、あの人とは一つとして、同じところがなかった。それでもなお、彼女と別れたばかりの僕は、「ミカ」と自称するその女性のなかに、彼女がいやしないかと探し回っていた。

二〇一五年十二月、クリスマス前の渋谷の最低な景色が、今でも脳裏をかすめている。

＊

彼女との恋が終わった日。電車に乗るのも億劫になって、歩き疲れるまでは徒歩で帰ろうと、新宿の街を彷徨っていた。東口に面した大通りには、国籍や年齢、性別を問わず、多くの人が幸せそうに歩いていて、ここに一つの恋が終わった人間がいることなど、誰も知る気配がなかった。

たくさんの人で溢れているのに、ひとり。

都心に出るたびに得られる感覚は、時に自分を、小さな悩みから救ってくれる。これだけ多くの人がいるのだから、自分ひとりくらい、何をしたっていいだろう。一日くらいサボったって、何も変わらないだろう。都市の無関心な態度は、今日も個人を静かに許容してくれる。

それでもこんな日くらい、世界が喪に服してはくれないかと、歩いているうちに苛々してきていた。腕を組んで歩く男女の足元には、お揃いのスニーカーが楽しそうに踊っていて、家電量販店に設置された大型ビジョンからは、随分と早いクリスマスソングが延々と流れていた。

あの家電量販店で、彼女にイヤホンを買ってあげたことがあった。片耳ずつ突っ込んで聴いたColdplayの『The Scientist』が、新宿の騒音を全て消して、景色を変えたのだった。

その曲が〝復縁を願う歌〟だと知ったのはしばらく後のことで、今になってそんなことを思い返してしまうことも、情けなくなった。耐えられなくなって、タクシーを慌てて止めて、飛び込んだ。

あの日から僕は誰とも話さず、何とも接触しないよう、ひたすら内側に籠って日々を過ごしていた。意図的に悲しみの底へ向かおうとすることで、彼女を心底愛していたことを、自分に強く刻み込もうとしていた。

会社には「胃潰瘍になった」と連絡を入れて、それっきりになった。元から大した引き継ぎがなくてもできる仕事ばかりであることが露呈して、それはそれで別の悲しみを生んでいた。

ひとりになって、頭の中を彼女でいっぱいにする。それだけがなぜか、僕の心を落ち着かせてくれる気がした。

ベッドの下にあった衣類ケースから、彼女がよく身に着けていた下着を取り出す。その匂いを嗅いでは自慰をして、直後に襲ってくる虚無から逃げるように眠りにつく。食欲もどこかに行ってしまったので、水か酒だけで日暮れまで過ごせてしまう。涙腺だけがバカになっているので、泣こうと思えばすぐ泣けた。精液と涙のせいで、ティッシュ箱だけがやたらと消費された。その状況で、まずは三日が経った。

この部屋に、彼女がいて、彼女との生活があった。

その事実を自分に言い聞かせないと、全てが信じられなくなりそうだった。別れ際、合鍵は返されてしまったから、彼女はこの家には勝手に上がれない。もしものためにともって、部屋のキーは一日中開けておくようになった。窓から忍び込む可能性もあるのではないかとおもうと、窓の施錠も、解いておくようになった。

復縁はありえない。そうわかっていても、一パーセントでも期待していなければ、全てに絶望してしまう寸前だった。

寝転んでばかりいるから、汗もロクにかかない。風呂に入るのも避ける。あの日にフラれた体と服を洗ってしまったら、本当に何も残らなくなる気がした。洗濯もせず、浴室にも向かわず、彼女のいた空気を纏った自分と、彼女の下着を抱きしめて寝る。

五日目になって、いよいよ自分から異臭が漂い出した気がして、そろそろ洗うかと全裸になる。貧相になった体を鏡で見ながらシャワーを浴びた途端、彼女と風呂場でしたセックスのことを思い出して、絶叫した。浴室の中を「あ」という声で埋め尽くす。壁や天井が壊れるまで叫ぶ。皮膚がビリビリと震えて、血管がブクブクと太くなる。頭に血が上っていき、グラグラと視界が揺れる。いよいよ全身の感覚が鈍っていく。それでも叫ぶ。叫びながら、両手足を強く強く床や壁に叩きつけ、ひたすら壊そうと試みる。シャワーヘッドを握る。浴槽に叩きつける。「あ」が溢れる。壊れて、割れてほしいのに、何も変化がない。壊れろ。割れろ。「あ」が溢れる。シャワーの音が、聞こえなくなる。口の中に血の味が広がる。「あ」が溢れる。「あ」が溢れていく。頬に涙か水か血が流れている。このまま死ねる。殺したい。

あと少し、とおもったところで、突然浴室のドアが開いた。

「おい！」

そこに立っていたのが、尚人だった。

持つべきものは、ヒトではなくなってしまいそうな衝動に駆られたとき、文字どおり救ってくれる親友だ。尚人は、僕の髪が乾き始めた頃に、汚れたフローリングの上に胡坐（あぐら）をかいた。

「俺はお前じゃないから、気持ちはよくわからんけどね」

まだぼんやりしている脳を、どうにか動かそうと試みる。友人の破れかけた靴下の先を、じっと見つめる。

「フラれた相手のことは、どうにも忘れられないものだし、飽きるまで、好きでい続けるしかないよ」

尚人、靴下に穴が開きそうだよ。

「『忘れろ』とか言っても無駄なのは知ってる。ただ、その間にもお前は、強引にでも元気になろうとする姿を見せろ」

尚人、靴下に穴が開きそう。

「体だけでも前を向かないと、心は尚更、後ろを向いたままだよ」

尚人、靴下に穴が。

黙って目の前に出された紅茶を飲む。尚人がキッチンを漁って淹れてくれた紅茶は、外国の菓子のように甘い。

「何これ」

「砂糖七つ入れた」

「マジ？」

「人間の体は、あっためて甘いもん入れたら、少しは落ち着くようにできてんだよ」

強引に元気づけようとする親友の不器用さに、笑いそうになった。頬の筋肉が、久々に動いた気がした。

尚人は優しさと厳しい現実を、延々と説いた。高円寺の１Ｋ。彼女との思い出が煙草のヤニのようにこびりついた部屋で、愛や恋の全てを知ったように語る親友の言葉が、風船のように膨らんだ。

「恋人と別れて一番つらいのは、相手が次にどんな人と付き合っても、文句を言えないことだよ。現にお前は、あの子の夫に対して、何も言う権利がないだろ」

「いや、本人に会ったら、言ったとおもうよ。たぶん、殴ってるよ」

「よく言うわ。実際お前は、一歩も家から出ずに大ダメージじゃねえか」

ぐうの音も出なくて、また紅茶に口を付ける。もう甘さに慣れてきている。

「二番目は、相手の好きなものを見つけても、もう伝えられないこと。彼女が好きだったマンガの復刊、彼女と観た映画の続編、全て伝えられなくなる。それが現実」

「それ、キツい。めっちゃ浮かぶ」

「三番目につらいのは、相手がつらそうなときにも、もう優しい言葉をかけてはいけないこと。フラれた分際のお前が、手を差し伸べていいわけがない」

「ええ、それは良くない？」

「ダメ。まだ彼女を救えるとかおもってんのか？　そんなの思い上がりでしょ。唯一手を差し伸べていいのは、向こうから助けを求められたときだけで、それでも思い上がっちゃダメ」

「なんで？」

「人は弱ったとき、助けてくれそうな人から連絡するんだよ。フった側はいつまでも自分のことを好きでいてくれると勘違いしてるから、お前に助けを求めれば、絶対に助けてくれると知って、甘えてくる。でもそれは、おおよそ好意とは、別モノに決まってる」

「尚人、これまでどんだけ酷い恋してきたの？」

うるせえよと言いながら、尚人は自分で作ったカフェラテを口にする。そのカフェラテも、それなり以上に甘いのだろうか。

「あとな、失恋の傷は、異性で癒そうとするな、時間で癒せ」

「そもそも、次の恋とかそんなすぐにできないけど」

「だったらいいけど、今は言い寄られたりすると、コロっといきやすい時期なんだよ。弱いところ見せんな。寂しさを埋めるためにする恋愛は、人を成長させねーよ」

名言ラッシュの親友の顔を、まじまじと見る。

「返事は？」「はい」

「あとは、アレだ。癒しきるまでは風俗でもなんでも行って、プライド捨ててでも金で解決しろ。金銭関係と恋愛関係を勘違いしなけりゃ、その方がよっぽど健全」「いや、行かないよ、さすがに」そう言いながら、そういう経験がとくにないまま生きてきたな、ともおもう。

尚人はよっせと言って立ち上がると、家主の許可も取らずに部屋の窓をガラリと開けた。彼女が買ってきたピンク色のハンガーが揺れ、冷たい空気が刺さるように部屋に飛び込んでくる。

「この機会に、めっちゃいい男になろうぜ。彼女を後悔させて、泣きじゃくらせればいいよ」

窓を開けても、見えるのは裏路地を挟んだ向かいの家だけだ。高円寺の街ひとつ一望できない二階建てのアパートの一室、こんなハズじゃなかった人生は、いよいよドン底まで来たように感じた。

＊

あれから一カ月。僕は親友の指示に従い、日に日に人肌恋しくなっていく季節を、お酒とお金でどうにか乗り越えようとしていた。ライトアップされた表参道が綺麗だったこと、渋谷で見つけた焼き鳥屋がやたらと旨かったこと。新しく買ったコートを気に入っていること。ふとした拍子に連絡したくなる元恋人の引力に負けないよう、強引に前を向いて生きようと必死だった。

その日も、尚人が営業部門の同期と飲んでいるところに呼び出されて、向かっていたところだった。忘年会シーズンに加えてクリスマスが近づいていることもあり、土曜の夜の道玄坂は、いつも以上に混沌とした賑わいを見せていた。

黒澤と呼ばれる同僚と尚人が飲んでいるところに僕が合流したのは二十一時過ぎで、

到着した頃には、すでに周回遅れのテンションの温度差が待ち受けていた。

　七名掛け程度のカウンター席と、四名用の低いテーブル席が二つ設けられた、小さなバー。カウンターの奥にはカラオケの液晶付きリモコンが置かれているし、もしかしたらこういう形態の店を、スナックと呼ぶのかもしれない。店内は薄暗く、真っ黒な壁紙を照らす紫や青の照明が、やけに下品におもえた。奥のソファ席では、コム・デ・ギャルソンのTシャツを着た男が、十代にも見える女性と密着しながら芸能人の悪口で盛り上がっている。

　尚人と黒澤は、カウンターの向かいにいる肉付きの良い女性バーテンダーと「下ネタに聞こえるけど下ネタではない言葉のしりとり」に没頭していた。十秒以内に回答しなければテキーラのショットを流し込むという、退廃的な遊びだった。大理石の模様をしたカウンターテーブルの上には、袋詰めのミックスナッツをパンパンに詰めた大きな袋が出番を待つように前面に置かれていた。

　オフショルダーから迫力のある肩を覗かせたバーテンダーは、このゲームに慣れているらしく、さっきから一滴も飲まずに、僕の同僚を潰しにかかっている。僕も向かいに座るよう指示され、着席すると、カンタンに三連敗してあっさりと酔っ払った。羞恥心や美意識が一瞬で弾け、あらゆる判断力が低下していく。負けやすくなるから、さらに負ける。

「〝ヨーグルトまみれ〟を付けると全部エロい」「〝はちみつまみれ〟もイケる」

ゲラゲラと笑う同僚たちの声が、遠くに聞こえてくる。鈍器で打たれたように、脳が揺れていた。

「あー、ちょっとアレだな、今日はもう、ヌいて帰ろうぜ」

二杯たて続けにテキーラを飲まされた黒澤が、褐色になった肌を震わせて言った。彼が「夜の営業部長」という二つ名を持っていることを、尚人が横から自慢げに教えてくれる。本人も、まんざらでもない顔をしていた。

店内はまるで、男子校の運動部の部室のようだった。言われてみれば黒澤は、ラグビー選手のような体格をしているし、尚人は野球部でショートをやっていた。同じ体育会系で、ノリは近いのかもしれない。下品な話が続いたとおもえば、急に将来に向けて熱く語ったりもしていた。

「お、出ましたね、部長！　ボーナス後ということは、奢りでしょうか！」尚人は同期であるはずの黒澤に、敬語でたかってみせる。「こういうときだけ部長って呼ぶんじゃねーよ」と言いながら、黒澤はわざとらしく、財布の中の紙幣を数え始めた。

あー、この流れは、良くないやつだ。

急に酔いが醒めていく。文化系の僕は、恐る恐る悪友たちに告白する。

「俺、風俗とかそういう店、行ったことないわ」

できれば行きたくないぞ、という意思表示も、若干込めての発言だった。しかし、案の定、男たちは盛り上がる。

「え、ないの？　本当に？」

「マジかよ。何して遊んでたの？」

本気で心配してくる二人を見て、こっちこそ本気で心配したくなる。

「うん。ない。てか、尚人あんの？」

「俺、高円寺でも何店舗か常連だよ？」

「うっそ。近所すぎるだろ」

「便利じゃん。ヌいて帰ったら、すぐ寝れるし」

「マジか」

「わかる」

「わかるじゃないよ」

自分が一番マトモなはずなのに、数的に劣勢なだけで、自分だけ間違っているように感じられた。バーテンダーはニヤニヤしながら、僕らのやりとりを見守っている。

「えー、じゃあ今日がデビュー戦じゃん。元カノのこと全部忘れてこーぜ、大将」

　夜の営業部長が、悪ノリで背中を押してくる。こういうの。こういうのが嫌だから、営業部に近づきたくなかったんだった。

「いや、行かないって。行かない。さすがにそこまで、落ちてない」

「なんで俺たちが落ちきってるみたいな言い方すんだよ」「そうだぞ、そういうの、良くないぞ」すっかりタッグを組んでいる営業部隊には、何を言っても通じない気がする。厄介なのは日本語が通じない外国人よりも、日本語が通じない日本人かもしれない。すでに二人は、僕をどの店に連れていくべきか、スマホを覗いて話し合っている。その姿は、流刑地を楽しそうに選ぶ役人のようにも見えた。


　店を出る頃には意識も朦朧（もうろう）となって、いくらで会計したかも怪しいまま、バーを出た。コートのボタンを締め終わるよりも早く、元気いっぱいの黒澤が、「よーし行くか」と先頭を歩き出す。

　このあと僕は、近くのラブホテルに押し込まれたのち、夜の営業部長から送られてきたURLを開いて、人生で初めて、風俗嬢を抱くらしい。財布の中には、なぜか二人からカンパされた二万円が入っていて、懐をむさ苦しく温めていた。

「四年近く彼女だけ想ってたんだから、今日くらいは忘れて遊ぼうぜ、大将」

耳元で静かに黒澤の声まねをした尚人の腹に、おもいきりグーでパンチをかました。これ以上、失くすものなんかねーだろと言われても、まだ捨てきれない自尊心が、しっかり燻っている。

マフラーを貫くほど冷たい風が吹く。明らかに薄着の格好をした女性たちは、ベンチコートだけを羽織ってズラリと並び、客引きに必死だ。黒澤はそれらを笑顔でかわして、ぐんぐんと坂を登っていく。

夜の営業部長の髪は、この時間になってもジェルでバキバキに固められていて、ネオンに反射して、異様な光沢を放っていた。脂ぎった顔と相まって、すでに三十代の威厳が出ている。下品なネオンを怪しく発光するビルの間で、何かが動いた気がした。薄暗い景色になんとか目を凝らすと、丸々と肥えたネズミがカササと走って姿を消した。道玄坂の路地裏には、誰も知らない夢の国がある。

＊

チャイムの音がした。それがこの部屋の玄関で鳴ったものだと認識するのに時間がかかった。分厚い扉越しにも届くように、はぁいと少し声を張りながら、扉へ向かう。入ったときは狭いくらいに感じたラブホテルのワンルームが、今度はやたらと広く感じた。

扉を開けると、丈の短いワンピースを着た女性が立っていた。一〇センチはありそうなヒールのせいで、僕よりも身長が高い。ファー付きのダウンコートは若干光沢があって、高そうにも安そうにもおもえた。

「ミカです」

自慢げに自己紹介した女性は、軽く会釈をした後、親しげな笑顔を浮かべて、ヒールを脱いだ。可愛い、というよりは、美人、が当てはまる人だった。明らかに細いのに、胸だけが不自然に飛び出て見えた。

「ミカ」は荷物をソファに置くと、「酔っぱらってる?」と笑顔で尋ねた。明らかに土っぽい色をした僕が、鏡に映っていた。

黒澤から送られてきたURLは、濃いピンクが印象的な風俗店のサイトだった。ラブホに放り込まれる前、「どの子もレベル高いから、フリーでいいよ」とテキパキと指示を出す黒澤は、完全に〝そういう仕事の人〟におもえた。

騙される予感しかしなかったけれど、騙されたとしても、黒澤と尚人の金なのだし、もうここまで来て引き下がるのはさすがに申し訳なくなって、ホテルに入った。緊張しながら店に電話をすると、氏名を尋ねられて、とっさに「黒澤」と答えた。この夜、僕は「黒澤」なのだから、何をしても勝手だろうと、自分自身への言い訳を用意した。電話が済んだ頃には、緊張のせいで、酔いは一度醒めたように感じていた。

ベッドに座っていた僕の隣に腰を下ろすと、「ミカ」はワンピースの背中のファスナーを下ろすよう指示した。言われたとおりに小さなファスナーを下ろすと、産毛の一つもない綺麗な背中が、露わになった。今度はこちらを向いて、ブラジャーのホックを外すように頼まれる。存在感のある胸囲に戸惑いながら腕を回して、右手の親指と中指に力を入れて、ブラを外す。「慣れてるね」と言われて、急に恥ずかしくなり、否定しようとする声が裏返った。もしも慣れているのだとしたら、その八割以上は、たったひとりの女性から学んだことなのだと言いたかった。

「私、昼は原宿の古着屋で働いてるの。ギャップすごくない？」

シャワーを浴び終えて全裸になった「ミカ」が、僕に全身をぴったりと押し付けながら、身の上話を始める。

「本当に好きなのは洋服だなあって気付いて、そっちに飛び込んだの。でも、お給料安くて、この店で働き始めたの。そしたらこっちばっかりになっちゃって、古着屋は幽霊社員。本末転倒でしょ？」

「ミカ」の昼の姿を想像しようとしても、ちっとも現実感が湧かなかった。慣れた手つきでの愛撫とともに、彼女の自己紹介は続いた。「ちなみにね、服屋のまえは、保育士だったんだ」元・保育士、現・古着屋店員の風俗嬢。その大きな胸を、歯を立てないようにしながら、咥える。喘ぐ声を頼りに、舌を動かす。乳幼児にでもなった気分だった。

「保育士と風俗店って、客層の年齢差がハンパないでしょ？　でも、幼児もおじさんも、意外とあんまり変わんないんだよ。褒めて、甘やかして、おっぱいあげるだけ。ミルクの準備しなくて済むぶん、こっちの方がまだラクかも」

　合間合間に喘ぎ声を挟みながらも続く「ミカ」の世間話に、だんだん苛々してきていた。あの人は、セックスの間、本当に静かな人だった。わざとらしい声も出さず、ただ快感を求めて、互いを弄（まさぐ）り合っていた。目の前のお喋りな女とは全く違うあの声と、熱の込もった吐息が、やけに懐かしくおもえた。

　僕の股間を舐めていた「ミカ」が、満足そうに顔を上げる。そんな顔をしなくても、気付いている。あんなに一人の女性のために泣いて、一人の女性だけを考えて射精していた下半身が、物理的な快楽に負け、だらしなく勃起していた。

有償の快楽と背徳的な感情が脳内で行ったり来たりして、なかなか集中できない。目をつむると、「ミカ」ではなく彼女に舐められていると言い聞かせて、それにまた興奮したり、急激に萎えたりした。女が口の中で、僕を舐め続ける。感覚が曖昧になってきて、口の中で溶けてしまいそうだった。普段の絶頂とは全く異なる感覚のまま、僕は情けなく射精した。

精液を吐き出したティッシュを、「ミカ」は四角いゴミ箱に投げ入れる。ゴソっと音を立ててプラスチック製の黒い箱に入ると、「お疲れ様」と彼女は言った。僕は、何に疲れたのだろうか。

この場から逃げ出したいという想いだけが、ネバネバと糸を引くように、脳内に残っていた。シャワー浴びよっかと、テンション高く誘う風俗嬢の声が、ラブホテルのワンルームに響く。僕は面倒なことを隠す素振りも見せず、「うん」とも「ああ」ともつかない相槌を打って応えた。眠気が襲ってきていた。

「ねえ、好きな人、どんな人だった？」

「ミカ」に尋ねられたのは、二人で横になっているときだった。まだ時間があるからと、現実から目を逸らすように抱き合っていたところで、耳たぶの裏側から声がした。

好きな人。僕にそんな人がいたことも、その人と別れたことも、「ミカ」に伝えた覚えはなかった。酔った勢いでそんな話までしていたっけと、慌てて過去を遡った。

「話したっけ？　フラれたって」

「だいたいわかるの。そういうものなのですよ」

これまでとは少し違う笑い方だった。古着屋店員でも保育士でも、風俗嬢でもない女性がそこにいた。

「で、どんな人？」

どのように答えようか少し迷った挙句、一番当たり障りのない言葉を探して答えた。

「ミカさんより、貧乳だった」

「あははは。貧乳、好き？」

「ううん。別に。好きな人のなら、なんでもよかった」

「嘘だ。私のおっぱいじゃ、暑苦しいっておもってる」

「そんなことないって」

このまま、はぐらかして終わらせたかった。あの人の全てを覚えているうちは、一ミリもその情報を吐き出したくない。ひとつ言葉に出せば、感情の全てが飛び出てきてしまう気がした。背中に残っていたやわらかい産毛も、控えめな胸も、細くて長い二の腕も、強く抱けば折れそうな体も、全部全部が好きだった。彼女がコンプレックスだと言っていた要素の全てを、むしろ魅力に感じていた。挙げればキリがない。薄れかけていた彼女の存在が、この場で全て蘇（よみがえ）ってしまいそうだった。

「そんなに、好きだったんだね」

　妙に優しく頭を撫でられ、初めて自分が泣いていることに気付いた。意識した途端、鼻水がツーっと垂れて、唇に触れた。「そういうためのティッシュじゃないんだけど」と笑いながら、「ミカ」はティッシュペーパーを僕に渡す。「ごめん」と言いながら受け取った途端、何かを引き止めていたはずの壁が決壊して、声に漏れた。

「一目惚れとか、初めてでさあ」

　誰にぶつけて良いかわからなかった感情が、言葉になって飛び出す。これまで自分の中で押し殺してきたものが、吐瀉物のように、体内から溢れ出てきた。

「この歳でそんなの、しょうもないとおもってた。どんだけ顔が良くたって、中身が酷かったら、キツいじゃん？　でも、本当に、その人の仕草とか、声とか、不機嫌な顔も、全部好きになっちゃってた。そしたら、もうどんだけ酷いことされても、雑に扱われても、許すとか、許さないとかじゃなくてさあ、もう嫌いになれないじゃん。ちょー沼じゃんね。わかってんのにさ、もう自立とかできる状況じゃなくて。ほんと好きで、マジで好きでね、でも、相手は既婚でさあ。一度作った幸せを壊そうとかまで、おもえないじゃん。だって、幸せではいてほしいじゃん？　だから、二番目でもいいから、会っているときだけは、自分だけを見ていてほしいって、ただ本当にそれだけだったのね。それで、できれば、会っていないときだって、心は自分に向いていてほしいって、欲張ってもそのくらいだったの。でも、会っているときだって、ふと相手の旦那が浮かぶじゃん。どんなやつなのか、SNSでもちろん探しちゃうし、それが、自分と全然違うタイプでさあ。ああ、こういう人が本当はタイプなんだとか、実際はそんなことなくても、おもっちゃうじゃんね。俺、横顔が似てるって言われたことがあってね、だからそれ以降、彼女と飲むときはカウンター席ばっかり座るようになったの。そしたら基本、横顔だけでいられるじゃん。馬鹿みたいじゃんね。でもホント、そんときはただ、俺のことを好きになってくれるなら、なんでもしようっておもったの。いくらでも貢ぐし、いくらでも言われたとおりにしようっておもってたの。浮気とか不倫って言葉、マジでよくわかんなくて。よくわかんなくても、どうでも良くて、てゆーか、意味わかんなくて、嫌いで。俺が彼女を好きで、彼女が俺のことを一瞬でも好きだとおもってくれたなら、二人が一緒にいたいっておもったなら、それがもう全てでいいのにって。周りがどう言おうと関係ないはずなのに、でもそれを、誰も許してくれないいじゃん。ほかのもの、ものう全部全部、どうでもいいっておもってた。そんくらい、ただ欲しかっただけだったのね。マジで、あんなに好きな人、もういないっておもってんの。そんなことないとかよく言うけど、でも、本当に、心に穴が空くとか言うけど、その穴が、くっきり彼女の形しちゃってんだもん。そんなの、あの人しか埋めようがないじゃん。ごめん、馬鹿みたいに話して、本当ごめん」

ここが、悲しみの底な気がした。クリスマス前の道玄坂。本名も知らない女性の腕の中で、全裸の僕が無様に泣いていた。

また来年になっても

時の経過を待って、淡々と生きる。心は極力動かさぬよう、無関心を貫く。深くえぐられた傷口は徐々に固まり、皮膚は分厚くなっていく。思い出す回数が自然と減っていく。興味関心が薄れ、嗅覚は匂いを忘れ、体から毒素が抜けるように、あの人がいなくなっていく。

洋服や音楽の趣味が、昔の感覚に戻っていく。自分が良いとおもったものを、素直に享受できるようになる。新しいものに興味を持つ。一人で没頭できる趣味に出合い、機嫌を取るのがうまくなる。心は固く、強くなり、執着は糊を剝がすように、少しの跡を残して消える。

彼女という深い沼からゆるやかに上がりつつあったのは、別れて一年が経った頃だった。

時間が解決してくれる問題は、想像していたよりも多い。ようやく一人に慣れてきた僕は、このまま平穏に生きて、新たなパートナーを見つけたり、少ない友人とひっそりと生きていくのかとおもっていた。

でも、生きている限り、波は何度でも訪れる。

僕の人生にもう一つの「さようなら」が近づいたのは、二〇一六年十二月、年末最終勤務日を見据えて、社会全体が騒がしくなり始めた頃だった。

まずは七階の北側フロアで切れた蛍光灯の交換。次に労働組合の選挙ポスターを全フロア三十八枚ぶん掲示。その後九時からメンタルヘルスの社員の復帰面談立会い。前回の面談で産業医が復帰を許可しなかったから、今回もＮＧだともう退職目前。そうなると退職金の手続きも始めなきゃいけないし、不当解雇だと騒がれないようにケアも必要。できれば復帰してほしいけど、復帰は復帰で、復帰先の職場がこの前の組織改編で解体されちゃったから、どこで受け入れるか調整が必須。そもそもこの人、メンタルやられた原因が上司にあるって言ってたっけ。パワハラはジャッジがムズいんだよなあ。この人、過去のどの部署にいても上司の悪口を報告してきてたから、誰が上司になってもこの結果だったのかもしれないし。働きたいんだか働きたくないんだかハッキリしてほしいよっておもうけど、俺だって働かずに済むなら働かないし、仕方なく働いてるって意味ではまあ、この会社のほとんどの人が同じか。いや、判断ムズいな。どうすっかなあ。

ここまでで、だいたい五十秒。

＊

会社の入場ゲートをくぐるまではできるだけ心を無にして、エレベーターに乗ってから一気にエンジンをかけ、今日やるべきことを脳内でシミュレーションする。余計なことは考えない。最初に決めたことを、手順どおりに進めるだけ。突然舞い込むトラブルは、すぐに片付けられそうなものから手を付けて、できるだけ自分でボールを抱えない。

もう入社四年目も後半だ。そのくらいの立ち回りはできないと、自分自身が苦しくなるだけだった。たくさんの理不尽を体で学んで、今日までなんとかやってきた。部署内に漂っていた「使えない新人」のレッテルも、四年も経てば街角のポスターのように剥がれて、薄れつつあった。

「こんなハズじゃなかった」とか考えてる余裕があったら、さっさと目の前の課題を進めた方が、よっぽど効率的なんだ。

コートとマフラーを自席に掛けた代わりに、何度も洗濯したせいで薄くなった作業着を羽織る。まずは、備品室に蛍光灯を取りに行く。この備品室までが歩いて十五分くらいの別棟にあるから、大企業というのはそれだけで面倒。始業まで時間がないので、朝から小走りする。

総務部だったらこの靴がいいよと配属されるなり薦められた、ツマ先に金属があてがわれている安全靴に、グッと力を入れる。入社一年目のとき、「重機を誤って足元に落としても、これなら体を守ってくれるから」と、先輩からこの靴が載ったカタログを渡された。そんなに過酷な肉体労働を強いる部署なのかと恐怖に震え、その無骨なデザインに死ぬほど萎えたが、四年目になって、すでに同じ靴が三足目。今ではすっかり馴染んでしまったし、営業部門の同僚たちが履いている新幹線のように先の尖った革靴を見るたび、いつか事故るぞと機能性を心配するようになってしまった。

オージェーティー。エムティィージー。エーエスエーピー。

カタカナばかりが目立って、売上上昇の目処は一向に立たないこの会社は、僕が入社してから今日まで一度も景気が上向くことなく、順調に右肩下がりを続けている。

尚人の存在に気付いたのは、全フロアへの選挙ポスターの掲示を終え、自分のデスクに向かう最中だった。

この四年で一〇キロは太ったという尚人の体は、言われてみれば少し大きくなったように感じる。それでも相変わらずタイトなパンツとワイシャツを身に着けた戦友は、誰が見ても細身に分類するプロポーションを維持しているし、きちんとプレスがかけられたスーツは、直線だけで描かれたポリゴンみたいだった。

「このフロアにいるなんて珍しい。始末書とか？」

挨拶代わりに茶化すと、親友は「まあそんなもん」と言いながら、右手に持っているB5用紙をひらひらと振った。その用紙サイズと特徴的な記入欄を見て、体が硬直する。総務も四年目にもなれば、申請書類のフォーマットは遠目でも一発でわかる。あれは「退職願」の申請書だ。

「え、待って。誰が辞めんの？」

「俺」

「いやいやいや、聞いてないって」

「だから、今、言いにきた」

入社四年目の冬。仕事に没頭することでいろんな感情を押し殺してきた日々の中で、しばらく飲みに行く機会も減っていた親友から、とんでもない手土産を渡された。

＊

前回の定期人事だから、あれは四月だ。随分前のことにおもえて、まだ年内のことかと驚く。今年の四月、尚人は「最悪のカード」と呼ばれる部署異動に、不運にも巻き込まれた。

営業部門は三年に一度、「ローテーション」と呼ばれる大きな人事異動を実施する。営業社員のキャリア形成を考えたときに複数のクライアントを経験していた方がいいから、という名目のほか、特定のクライアントとの癒着や不正を防ぐ目的などもあり、八割近くの営業社員が担当替えを余儀なくされる。まるでクライアントのフルーツバスケットだ。

せっかく信頼関係を築けてきたタイミングで異動が命じられるこの制度を嫌う声は、昔から多かったらしい。古くて大きな会社というのはなかなか厄介で、どれだけ風通しを良くしようとしても、ハコが大きすぎて、ちょっとやそっとの風では吹き抜けることなく、途中で大気にまぎれて消えてしまう。「悪しき風習」とすら呼ばれたこの制度のせいで、今年の春の人事異動は、かなり荒れた。

「俺、狭山さんのところだったんだけど」

尚人からLINEが届いたのは内示日の当日。社員の人事異動の調整は総務部も関与するから、もちろんこの結末を僕も知っていた。

狭山さんの下に配属される候補者リストに、尚人の名前を見つけたとき、僕は嫌な予感がして、どうにか最悪の事態を避けられないかと考えた。あの手、この手を使って、ほかの社員を推薦したものの、不思議と足掻けば足掻くほど、尚人が狭山さんの部下になる可能性は、高くなっていった。

「そいつ、狭山さんのところには、合わないんじゃないっすかね？」

「なんでだ？　お前、こいつの同期だよな」

「ええ。でも働きぶりを聞いてる限り、狭山さんの抱えてるクライアントとは、相性悪い気がするんですよ」

「いや、今回はそれでもいいんじゃない？　まだ四年目でしょ。苦手分野のクライアントも経験しといた方が本人のためにもなるからね。決定で」

人事異動に関する経験値が圧倒的に少ない僕の意見は、会議の場ではことごとく覆される。そのことをもっと頭に叩き込んでおくべきだった。親友の「狭山行き」はついに止めることができず、総務部長の決断後、すぐに最終承認までの印が押された。


狭山さんは、プレイヤーとしての能力が異常に高い人だった。入社してすぐに新規顧客をたくさん引っ張ってきて、ガンガン売上を立て、最年少で社長賞を勝ち取った超エリートだった。総務部長は彼を「印刷業界の希望の星」と呼んで、前例のない出世コースに乗せた。そうしなければ上層部も黙っていない空気すらあったとも聞いた。

こうして狭山さんは、最年少で課長のポジションに就いた。

悲劇はそこから始まった。よくある話だけれど、プレイヤーとして優れた人間が、マネージャーとして優れているかというと、決してそんなことはないのが世の常だ。狭山さんは、まさにその典型のような人だった。再現性のない、天才的な営業力を持った曲者ワンマンプレイヤー。それが狭山さんの正体だった。

狭山さんが取ってきた仕事は、課員に引き継いだ途端にことごとくトラブルを起こした。見たことないほど大きな額の赤字になる金額で受注した案件もあれば、進行が一日四十時間あっても間に合わないスケジューリングで切られた仕事もあった。

狭山さんの部下になった社員はみんな、規定の労働時間をオーバーし、うつ病になったり、退職したりしていった。それでも狭山さんが課長であり続けるのは、メンバーが何名リタイアしようとも、狭山さんが動けば他のどの部署よりも高い営業成績を叩き出してしまうからだった。

あの部署に入ったら、いつまで身が持つかわからない。

いつしか社内の人間は、狭山さんの下で働くことを「狭山式時限爆弾」と呼ぶようになり、その存在を恐れるようになった。

狭山さんの爆弾を背負うことになった尚人は、これまでにないハードな働き方を強いられ、みるみる元気をなくしていった。たまに愚痴るようにＬＩＮＥや社内メールが届くことはあったけれど、会う機会は一気に減り、飲みに行くことはほとんどなく、昼食が一緒になることすら珍しくなった。

人との関係は突如としてかたちを変えて、急に離れてしまったりする。最後に見かけたのは二カ月も前で、そのときの尚人は、声をかけるのも戸惑うほどに顔に疲れが見え、ひどくやつれてしまっていた。

年末進行で超繁忙期を迎え、二割増のタクシーで会社に戻っていた深夜三時、尚人は隣に座る狭山さんに「もう、さすがに限界です」と伝えたことがあるらしい。その発言ができただけ、尚人は勇気ある社員だとおもう。

でも、我が社が誇る最強の営業課長・狭山さんは、そんな部下の声を踏みにじるように、スマホを横に向けたまま乃木坂46の新曲のミュージックビデオを見続けた。そして上の空のまま「まあ、頑張りどころは、頑張るしかないからね」と、ため息混じりに言ってのけたらしい。

これが、数少ない気の許せる同僚・尚人の退職を決定づける一言になって、今日の退職願に至った。年末の最終勤務日まで、あと二週間を切った日のことだった。

「よくよく考えてみると、ＲＰＧには必ず『逃げる』ってコマンドがあるだろ。どんな勇者でも、逃げていいんだよ」退職願をヒラヒラと振りながら、尚人は立ち話を続ける。「むしろ、いい機会だったよ。負け組みたく他の部署に異動するのもさらさらゴメンだし、さっさと次のステージ行くよ、俺は」

「でも転職先、これ、デカい会社なの？」

　退職願の転職先欄には、企業名まで記入する必要がなく、業種だけ書けば概ね認められることになっている。競合他社への流出を避けるためのフィルターの役割だ。尚人はその欄に「編集プロダクション」とだけ書いていた。

「いや、俺を含めて、社員六名かな？」

「六人⁉　超ベンチャーじゃん！　大丈夫なの？」

「デカい会社はもう懲り懲りだって、お前も言ってたじゃん。元からうっすら知り合いだった社長が声かけてくれてさ、渡りに船だし、飛び込むことにしちゃった」

「でも編集者って。いや、確かにクリエイティブだけど」

「いいの、いいの。一応試験も受けて、素質はあるって言ってもらえてるんだ。何年か前にも言ったろ。打席に立たねえと、何事も始まらないんだよ」

　それは、そうだけど。と言いかけて、やめた。

僕は、親友がなんの相談もナシに決断してしまったことが、悲しかっただけなのかもしれない。それに尚人がこうなってしまったのは、僕ら総務部や上層部が、狭山さんを野放しにしていたことに一因がある。今更それを謝罪することもできないけれど、旅立つことすら引き止めてしまったら、僕は尚人が秘める可能性を、全て台無しにしてしまう気がした。

大切な人は、いつも突然いなくなる。でも実は「突然」でもなんでもなくて、きっと行動や表情には見えない心の機微が積み重なって、「突然」のように見えているだけなんだ。それに気付けなかった僕にこそ、問題があった。残される側の人間に、彼らを引き止める権利は持たされていない。

「年内いっぱいで辞めて、年明けから新天地。さっさとこんな地獄からはオサラバするよ」

余裕そうに話す尚人が、本当は少し無理して強がっていることを、口角の動きで薄々勘付いてしまっていた。最近疎遠になっていたとはいえ、四年弱の濃厚な付き合いは、些細な違和感でも、いろいろなことを気付かせてしまう。何か声をかけてやるべきなのに、こういうときに限ってマトモな言葉が出てこない。退職金は今から手配して間に合うだろうかとか、現実から目を逸らすようなことばかり浮かぶ。引き止める権利はない。

羨ましいとすらおもう。でも、それでいいの？　尚人。

「また、飲みにでも行こうぜ」

「当たり前だろ、そんなの」

「そんときは、新しい彼女の話でも聞かせろよ」

「たぶんそのときまで、できてないよ」

「頑張れよ」本当は僕から言うべき言葉を先に言われた。

「お前もな」

なんとか声を絞り出すと、親友は満足そうな笑みを浮かべて、廊下を離れる。

尚人は一度別れを告げたら、絶対に振り向かずにその場を去っていくタイプの人間だ。何度も何度も飲みに行ったが、彼はいつも、改札を抜けると一度も振り返らず、まっすぐホーム行きの上りエスカレーターに吸い込まれて行った。

別れに潔すぎる人間は、残された人たちに少しの不安を残す。

僕は尚人と行った新宿のバッティングセンターを思い出していた。バットをフルスイングしてホームランを連発する尚人の背中が、エレベーターを待つ彼に重なった。

「あ、そうだ」初めてかもしれない。親友が思い出したようにこちらを振り向いた後、別のフロアまで届きそうな声で、叫んだ。

「よいお年を！」

その途端、鐘が鳴ったような、軽やかな刺激が全身に流れた。声、というよりは言葉の響きが、そうさせた。今年も終わるのだと、尚人のその台詞でじんわりと実感した。

僕は少し背筋を伸ばして、表情までは見えない彼に向かって、返事をする。

「今年初めてかも、それ言われたの」

「だろ。俺も、初めて言ったわ」

「悪くないね。このタイミングは」

「そうだろ」

「うん、よいお年を！」

エレベーターが開く。また来年になっても、同じ会社じゃなくなっても、尚人との関係は続いていけるだろうか。「また飲もうぜ」と言ったまま疎遠になってしまった人たちの顔が、脳裏に浮かんだ。


帰り道。小田急線に揺られていたら、目的地である駅を降りそびれていた。

眠っていたわけじゃない。今度こそきちんと降りようとおもって、居心地の良かった隅の席からわざわざ立って、ドア付近の吊り革に摑まっていたはずだ。

でも気付いたときには、降りるはずの駅を通り過ぎていて、車窓の向こう側には、見覚えのない景色が広がっていた。イヤホンからは、BUMP OF CHICKENの『ロストマン』が、延々とリピートして流れていた。

行き先を告げる案内表示が、次の停車駅を表示する。たっぷり三駅は通過していた。到着を待つこの時間、自分がここにいてはいけない異質なものになった気がして、じれったい。

電車を降りそびれたり、乗り間違えたりすることが増えたのは、昨日今日に限った話ではない。今日はもちろん、尚人が急に退職とか言い出すから、平常運行なわけがないのだけれど、そうでなくったって、電車を乗り過ごす日は増えていた。

ちょうど一年くらい前からだ。

体調が優れないというわけではない。朝食は食べたり食べなかったりだけれど、それはいつもどおりだし、きちんと夜が深まるほど、炭水化物はうまく感じた。

飲酒量に関しては、一年前より明らかに増えた。キッチンにはダンボール箱に入ったままの缶の発泡酒が常備されているし、冷蔵庫には、大吟醸の日本酒が二本、風呂上がりの楽しみとして冷やされている。これらも、むしろ健康的だ。酔わなきゃやってられないことが多すぎると、誰かも昔、言っていた。

いる気がする。

でも眠りだけは、確実に浅くなった。真夜中、ＬＩＮＥの通知音が聞こえた気がして、目を覚ます。スマホを手探りで引き寄せようとするけれど、わざわざ機内モードにして電波を絶っていたことを思い出して、「ああ、そうか」と、また眠ろうとする。でも、そこからなぜか寝付けない。来るはずのない誰かからの連絡を、今でも無意識に待っている気がする。

人との繋がりは案外あっけないもので、住所、電話番号、メアド、ＬＩＮＥやＳＮＳのアカウントを隠したら、連絡はあっさりと途絶えさせることができる。一年前、僕はあの人のことをどうにか吹っ切るために、それらを全て変更する作戦に出た。

「そこまでする必要ある？」と聞いてきたのは尚人だったけれど、僕があの人の荷物を処分した後もなかなか立ち直らない状況を見て、いよいよ仕方ないと最後には協力してくれるようになった。

そんなわけで、あっさりと高円寺の家を引き払った。

引越し先は、東京と神奈川の境界線にあたる、登戸（のぼりと）駅。多摩川の河川敷沿いにある、１ＤＫだった。

「お客さまのご希望条件には、当てはまらないのですが」と不動産屋が提案してきたこの物件は、確かに僕が希望していた「総武線沿線」「新築」「駅から徒歩五分」の条件のいずれにも引っかからなかったけれど、デザイナーズ物件にしてはかなり生活しやすい間取りの上に、広めのベランダから一望できる多摩川が、何よりも魅力的だった。

あまりズルズルと物件を探す気もなかったので、二年間住んだ高円寺からすぐに離れた。そしてこの街に移り住んで、新しい生活が始まった。

＊

乗り過ごした駅の数だけ、人生を損した気分になる。

ようやく駅に着いたのは二十三時を過ぎた頃で、疲労はピークに達していた。

家の近くには街灯も少なくて、二十六歳の成人男性となった僕でも、少し心細く感じるときがある。道を歩いているときはいいけれど、マンションの入り口前にある扉を開けるたびに「キィ」となるあの音が、どうにも苦手だ。「こいつ、一人だぞ」と、あざ笑われている気がしてしまう。

狭い階段を登って三〇二号室に辿り着くと、鍵を取り出す。高円寺に住んでいた頃より、セキュリティがしっかりしたように見える鍵を回して、重厚感が増したぶん、開け閉めが面倒になったドアを開ける。入居から半年以上経ってもいまだに香る、余所の家の匂いを嗅いだ。

コートをジャケットごと脱いで、マフラーと一緒にベッドに放り投げる。スーパーで五〇パーセントオフになっていた惣菜をローテーブルに広げて、テレビのリモコンのスイッチを入れた。

惣菜の消費期限が切れるまであと二時間弱。レンジでチンするか迷って、空腹すぎるからそのままかき込むことにする。惣菜の蓋を外しながら、冷蔵庫から発泡酒を持ち出す。ビールを飲めるのは水曜日と金曜日だけと決めているから、いろいろあった日ではあるけれど、今日はビールを飲めない。

昨日の夕飯とまったく同じメニューを食べていると気付いたのは、一口目を頬張った瞬間だった。あー、またやってる。最近とんと記憶力が低下している気がするし、生活がかなり雑だ。風呂に入るのがとにかく面倒で、スーツも脱がないまま、ベッドに倒れ込んで眠ってしまうこともある。月曜の朝は、まだ家にいるのに「帰りたい」と口にしていて、本当はどこに帰りたいのだろうと考えていた。

ぼーっと眺めていたテレビは、いつの間にか年末年始の休みに向けて、海外リゾート地の特集番組を流していた。ハイシーズンにわざわざ高い航空券を買って海外に行ける人たちと、スーツもロクに着替えずに発泡酒を飲み干している僕は、一生交わらない世界線で暮らしている気がする。

チャンネルを替えるのも億劫なので、ぼんやりと画面を眺める。陽気なＢＧＭとともに、バリ島の特集が始まった。

「なつかしいな」

なつかしいとおもうけれど、実際に行ったことはない。高円寺に住んでいたとき、あの人と「王様のブランチ」を見ていたら、バリ島の三つ星ホテルの特集が流れてきた。ヴィラタイプの部屋に直結しているプライベートプールで、優雅に泳ぐレポーターが映し出されていた。

いつかあそこに行きたいと、腕の中で元カノは言った。

あのとき、僕はあの人と優雅にホテル暮らしをしているシーンをイメージしていて、あの人は、夫と過ごしている何気ない日常を夢見ていたのかもしれない。そうおもうと「一緒に行こうよ」の一言が、おもいきり場違いなセリフに感じて、口に出せなかった。「来年も来ようね」とか「次の夏は花火をしよう」とか、気安く未来の予定を提案するあの人が、怖かった。来年も僕らが一緒にいられる保証なんて、どこにもなかった。彼女の夫の海外転勤が早く終わってしまえば、それだけで離れてしまう二人だった。「永遠」って言葉にやたらと憧れて、「運命」って言葉をやたらと憎む僕がいた。保証もない未来を何度も願ってしまうし、一度も手に入れたことがないくせに、彼女を失う怖さにただ怯えていた僕がいた。

テレビの中にいる美人なレポーターは、バリ島の現地人に「この辺で何かうまい店はないか」と尋ねている。食べたら腹でも下しそうな、見たことのない色をした氷入りのジュースを勧められて、レポーターは大好物だと言いながら飲み干した。しきりに「美味しい」を連呼している女性に、薄っぺらい本音が透けて見える。嫌気がさして、リモコンの電源ボタンを力一杯押した。

ベッドに倒れ込むと、今日の尚人の背中を思い出す。いよいよ打席に立った親友は、きちんと塁に出ることができるだろうか。「俺の心配してないで、てめえの心配しろ」と言われた気もするあの背中に、心を揉みくちゃにされた一日だった。

この街に越してきてから、無駄に悲しむことも減って、心は日に日に穏やかになっていった。地方の美術館に飾られた湖の絵画のように、淡い緑で描かれた森も、霧がかかった空気も、波一つなく描かれた水面も、全て静かに、凪のように穏やかに、それでいて退屈そうに描かれた日々だった。

実はそれは穏やかなんかじゃなくて、たくさんの感情を押し殺していただけなのかもしれない。麻痺して不感症になっていた心が、親友との別れが迫って、急に動き出した気がする。

「こんなハズじゃ、なかったのにな」

もういろんなものを、「思い出」として捉えられるようになった。「一生忘れない恋」とか「いつまでも忘れられないあの人」みたいなノリでいるけれど、どうせ断片的な記憶しか残らないのだろう。フラれたのをいいことに、被害者面を楽しんでいただけかもしれない。悲劇の主人公を演じていた自分が、少し恥ずかしくなってきた。

「いい加減、前向けよ」声に出して、自分を鼓舞してみる。

くたびれたマットレスに体を沈めて仰向けになると、ＩＫＥＡで買ったＬＥＤの光が、直接目に飛び込んでくる。目を細めると、拡散していた光線の中心が見えた。意外と小さい形をしていたことに気付く。あんなに眩しく、刺さるように輝いていたのに。

何をしようか。また転職サイトに登録か。ほかの方法を考えるか。とりあえず会社を辞めてみるか。一人だし、フリーターから再スタートでも、悪くないかもしれない。

とりあえず、打席に立たなくちゃ。

スマホを手に取ったタイミングで、ちょうどバイブレーションが作動した。Facebookのメッセンジャーに、新着通知が出ている。

石田：おひさ！　〝勝ち組飲み〞以来！

四年半ぶりに届いた、友人とも言えない距離の人からの連絡。

学生時代の自分だったら顔をしかめていただろう。でも、転機を欲しがっていた今の僕には、それが運命か何かのように感じられていた。

選ばれなかった僕らのための歌

四月を迎えたばかりの渋谷は、大人になりたい子供と子供に戻りたい大人が勢いよく交ざり合っていく。外国人観光客はスマホのインカメラを起動させ、通行人と一方的な記念撮影をする。ハチ公前ではクジャクのような髪色をしたYouTuberが、街頭アンケートに見せかけた体当たり企画に必死だ。僕は一度に三千人が通行するといわれるその交差点を、誰ともぶつからずにすり抜けた。

「バスケットボールストリート」という新名称が馴染むことなく、いつまでも「センター街」と呼ばれ続ける渋谷のメイン通りに入る。ここ数日、雨は降っていないのに、淀んだ水たまりをいくつも見かけた。どんな成分かわからないその液体を踏まないように注意しながら、ちょっとしたアクションゲームのように体を捻らせて進む。

イヤホンのボリュームを上げて、外界から自分を切り離す。ヒト、モノ、情報、全てが多すぎるこの街から、僕だけを欠落させる。爆音で高収入を謳(うた)う広告トラックも、ツタヤ前で披露されたボイスパーカッションも、全て別世界のものとなる。

LUCKY TAPES、indigo la End、きのこ帝国。

あの人から教えてもらわなかったアーティストだけで作ったプレイリストは、当時の自分を思い出さないために必要だった。どれだけ後ろ向きな歌詞で奏でられても、彼女の知らない自分を彩ってくれる音楽は、無条件で背中を押してくれる。

iPhoneがランダムに楽曲を奏でる。僕はミュージックビデオの主人公のように、曲に合わせて歩幅を変えて歩く。互いに関心を持たないこの街が、リズムに乗ってゆったりと踊る。

センター街を抜けてたっぷり十分歩くと、富ヶ谷の交差点にぶつかる。その手前にある、ソファのテラス席を構えたカフェ。グーグルマップによればその店が、石田に指定された待ち合わせ場所だった。

古い知人はすでにテラス席にどっしりと座っていて、こちらが気付くより先に「よお！」と声をあげた。凸凹した肌に、たわしのように剛毛な髪。気のせいかもしれないけれど、五年前と同じポロシャツを着ているように見える。

「おす」と返事をしてみたものの、声が掠れて恥ずかしい。待ち合わせ時間より十分は早かったので、カフェに着いてから、気持ちを外向きにするつもりでいた。苦手な人に会うときは、いまだにテンションの上げ方がわからない。

「マジ久しぶり！　少し老けたねえさすがに！」

「そうだねえ」と笑顔で返す。お前に言われたくない。元クラスメイトは明らかに肌が荒れていて、腹回りが一段と、だらしなくなっていた。

昨年末、突然Facebookに届いた石田からのメッセージは、一緒に仕事がしたい、という内容に終始したものだった。でもその割に具体的な内容は一切書かれておらず、ちょっとした怪文書のようにもおもえた。

詳細を聞くために返事をしたところ、口頭の方が話しやすいと言われる。これは保険屋か何かの営業かとおもい何度か断ったのだけれど、年が明け、雪は解け、桜が咲いてもしつこく連絡をしてくるので、これはもしかしたら起業仲間でも募っているのかもしれない、とおもうようになり、いよいよ会うことになったのが、今日だった。

「それで、なんの話だったっけ?」世間話はそこそこにして、本題に移ろうと急かす。石田との会話の相性は昔から最悪で、自慢話を延々と続ける彼に、辟易とすることがよくあった。

それでも今日は、相手のペースに合わせるしかない。もしかしたらこの人が、新しい職場を提供してくれる天使かもしれないのだ。石田はたっぷり三十分は話を引っ張った後、ようやく本題を切り出した。

「仕事したいんだ、お前と」

「ああ、そんなこと、言ってたっけ?」

ガッついているとおもわれたくなくて、トボケてみる。実際は、その話だけをしに来た。

「お前いま、人事系の仕事してるんでしょ？」

「あー、まあ、そうかも。広い意味では、人事系」

正確に言えば総務部は人事部ではないのだけれど、わざわざ訂正する場面でもないと判断して、濁したままにしておく。

「社内の人脈が多いお前なら、活躍できるとおもうんだけどさ」

「なになに、どんな仕事なの？」いつまで勿体ぶるつもりだろうか。いよいよ痺れを切らしかけたそのときだ。

「つまりだな」石田は残っていたアイスコーヒーをズズと飲み干し、たっぷり間を置いてから言った。

「お前、ネットワークビジネスって、知ってる？」

世の中は理不尽にまみれていて、「好きなことで生きていく」なんて大抵はウソで、大抵じゃなかった人たちはたまたま「好きなこと」と「得意なこと」がハマったから生きていけただけで、誰もが自分のやりたいことで生きていけるようなら、世界はもっとスマートでハッピーだ。

イチローでも本田圭佑でもないくせに変な野心を持ってしまった僕らは、こんなハズじゃなかった人生に振り回され、ようやく諦めたときには、周りからせいせいした表情で「大人になった」と言われて生きていくのだろう。

承認欲求や自己顕示欲、経済的な見栄に左右されず、自分の世界をしなやかに生きられる人でなければ、いつまでも自分の人生の主役になれずモヤモヤし続ける。ＳＮＳが僕らにもたらした未来は、なかなか残酷なものだとおもう。

アイスコーヒーに添えられたストローを、ガチガチと音を鳴らすように嚙んでいる元クラスメイトは、現金の束を見るような目で、僕を凝視していた。

「ねずみ講みたくおもわれることも多いんだけど、それとは明確に違ってさあ。商品を俺から買って、それをお前が、ほかの友達に売るんだよ。インセンティブも入るから、より多くの人に売れば、俺から買う金額よりも利益が高くなる。カンタンでしょ？　世の中、ラクなルートも存在してんだよ」

〝三十代で家が建てられる〟と、高収入を約束された会社に入社したはずの男は、研修期間中に寮から逃げ出したのだと、自慢げに僕に話した。そこからは小さな営業会社を転々として、型落ちした携帯電話、ウォーターサーバー、防犯カメラなど、あらゆるモノを電話とインターホンを鳴らして売ってきたという。

クラスの集合写真撮影の際には、必ず最前列で寝そべっていた石田が、とうとう最後列で控えめな笑顔を作っていたクラスメイトのところまで、その売り先を伸ばしてきた。

「お前、人脈持ってんだからさ」

友人とすらおもったことのない人間から発せられる「人脈」という言葉が、ここまで薄っぺらく聞こえるものだとは、おもいもしない。「なるほどねー」と相槌を打つが、全く納得できていなかった。

「ちょっと、考えさせてもらうことって、できんのかな」

「そうだよな。大きな決断だから、迷う気持ちはわかる。でもな、勇気って、時間が経つほど、萎縮しちゃうんだぜ」

そうやって、セミナーで習ったのだろうか。「大丈夫だから、俺と一緒に稼ごう」目の前に商品の購入契約書を差し出した営業マンの目は、鬼のように真っ赤だった。

「打席に立たないと、始まらないじゃん」

そう言っていた、親友のセリフを思い出す。でも、草野球よりも不整備なバッターボックスに立った僕には、デッドボールみたいな球しか飛んでこなかった。

＊

「無鉄砲に飛び込んで成功できるほど、カンタンじゃないのよな」

天気予報がスギ花粉の飛散予測を「昨年の二倍以上」と不安を煽るように伝え始めた頃。尚人から久しぶりに届いたＬＩＮＥは、遭難信号のそれのようにもおもえた。

転職先の編集プロダクションに勤めて三カ月。つまり僕が石田に再会する一カ月前だ。

尚人は三日に一度家に帰れればマシといわれる日常を過ごしていたらしい。明らかに前職時代より労働時間は増えていたけれど、親友は「あの仕事に比べたら何倍も恵まれてる」と自分に言い聞かせ、闇雲に働き続けていたという。

「やりたいことをやっているんだから、つらくても、言い訳できないのよね。それはそれで、しんどくてさ。やりたくないことを続けてるお前に言っても、贅沢な悩みに聞こえるだろうけどね」

入社二年目まで毎週のように高円寺の公園に通い、アイデアの種を出しては嬉しそうに議事録にまとめていた尚人を思い出す。彼から届くテキストは議事録の域を超えていて、確かに面白かった。オフィスで読んでいて噴き出してしまったこともあり、プリントアウトしてトイレに持ち込んだことすらあった。

あのときの尚人は、とにかく楽しそうだった。好きなことを仕事にする。それができる「大抵じゃない人間」のひとりだと、僕も信じていた。

「打席には立たなきゃいけない。でも、人生もキャリアも、大抵は一方通行でできてる。〝セーブ地点からやり直し〟なんてＲＰＧみたいなこと、現実にはできないんだって、学んだよ」

会っていなくても伝わる。あのとき親友から届いたＬＩＮＥの文面には、「後悔」の二文字が見え隠れしていた。

＊

石田から逃げるように店を出て、徒労に終わった一日を情けなくおもいながら、渋谷駅まで歩いた。スクランブル交差点まで戻ってきたところで、急に空腹に襲われ、今日はまだ何も食べていなかったことに気付く。

せっかくなら、石田にご飯くらい奢ってもらえば良かったと、今になって悔やむ。やるせない気持ちと苛立ちが、波のように連続して押し寄せてきそうだった。

今日の石田とのやりとりを、尚人に聞かせたら笑ってくれるのではないか。ふと思い立って、スマホを取り出した。持つべきものは、酒で失敗したり、ひどく情けない想いをしたりしたときに、あえておもいきり笑ってくれる親友なのかもしれない。僕は久しぶりに旧友の連絡先を開いた。

「ダメ元で！　今、どこにいる？」

ハチ公前の手すりに寄りかかりながら、編集者となった元同期にＬＩＮＥを送る。前回のやりとりがちょうど一カ月前だったと気付いて、こうして人との関係性は薄れていくのかと虚しくなった。

今の尚人がどこで何をしているかも定かじゃないし、仕事中かもしれない。会えるどころか、しばらくは既読すらつかない可能性もあるとおもって、ＳＮＳを巡回し始める。Facebookを開くと、この前尚人と参加した、同僚の結婚式の写真が上げられていた。大きなスプーンで掬(すく)われたケーキに顔から突っ込んだ新郎の写真に、たくさんのいいね！が集まっている。僕もそこに便乗して、いいね！を押した。

「池尻で仕事終わった！　腹減ってる！」

突然スマホが手の中で震えて、通知画面が表示された。

尚人だ。

　こいつは僕にとって、離れたくても離れられない運命の人なのだと実感する。普段、連絡を取っていなくても、ふとしたときにはきちんと繋がる。数年会っていなくても、再会した瞬間、昨日の続きのように話ができる。そういう人間が人生には数人存在していて、その人たちだけを親友と定義しようとおもった。

「最高！　おもろい話あるから、会おうよ」

「今だったらどんなに面白くないことでも、笑える自信あるわ」

「めっちゃ疲れてんじゃん、飲も飲も」

　沖縄そばが食いたいと尚人に言われて、久しぶりに明大前の沖縄料理屋に行きたくなった。あの女将は、元気だろうか。僕は尚人に食べログのURLを送ると、「ここで待ち合わせ。池尻だったらタクシーの方が早いかも」と打ち込んだ。


　井の頭線に乗って明大前に着いた頃には、日が暮れかけていた。

　駅前の通りは空が開けていて、ピンク色に染まった宇宙は、今にも迫ってきそうだった。僕はスマホのカメラを起動して、画面内にその景色を収める。目の前の雄大さを九〇パーセント近くカットした平凡な写真が、写真フォルダに保存された。

　数年ぶりの沖縄料理屋に向かって、足を進める。明大前は街並が全く変わらないとおもったのに、よくよく見れば昔はなかった店が散見されるし、真新しい看板を掲げた飲食店は、前にどんな店が入っていたのか思い出せない。思い入れがあるとおもっていた場所ですら、記憶は曖昧になっていく。

沖縄料理屋に着くと、尚人は入り口に一番近いテーブルに座って、すでに瓶ビールを注いでいた。テーブルには豚足とポテトサラダが置かれている。久々に来た店内にはきちんとBGMがかかっていて、でも座布団は相変わらず洗濯された気配がない。知らないアルバイトの店員が、忙しそうに一升瓶を運んでいた。

「おもったより元気そうじゃん」

二カ月会っていなかっただけだ。それでも久しぶりに顔を合わせた気がする尚人は、転職前よりは体調が良さそうだった。

「なんとかやってるよー、超しんどいけど」

親友は霜が付くほど冷えた瓶ビールを手に持つと、キリンのロゴマークが掠れている僕のグラスに、なみなみと注いだ。「営業職で身に付いたスキルなんて、ビールと泡を完璧な割合で注げるようになったことくらいだわ」なつかしそうに話して笑う。小さく乾杯すると、一息で半分ほどを飲み干して、初めて自分の喉がカラカラに渇いていたことに気付いた。

「しばらく、今の会社で続けていけそう？」何気なくそう切り出してみると、彼は豚足を夢中で取り分けながら、怠そうに返事をした。

「んー、実は、もう少し大きな会社の人が興味持ってくれててさ。半年働いたら、来てもいいよって言ってもらえた」

「え、マジ？　展開早くね？」

「この業界だと、なくはない話みたい。でも、そっちの会社では、営業として働くかも」

「え、また、営業に戻るの？」

「書くこともできるみたいだから、両方活かせた方がいいかなって。安定した道があって、ちょっと安心してる」

「そっか、そういうのも、あるのか」

納得したフリはしたものの、夢を持って挑んだ友人がまた現実に戻っていく感じがして、勝手に切なさが残る。

大学時代の軽音楽部の後輩も、半年ほど前に「解散ワンマンライブやります！」とＬＩＮＥしてきた。最近、会社員やりながらバンドやってるパターンも増えてるんすよ。もうバンドだけで食ってくとか、ロックな生き方する人も減ってるみたいで。俺もこのバンドやめて、全員副業のバンドやるんです。

堅実な道を歩み始めた後輩に「そういう時代なんだねえ」と肯定的に相槌を打った。あのときも、似たような気分になった。僕らは勝手に他人の人生に自分を重ねて、「もしも、ほかの生き方をしていたら」と希望を抱いては、勝手に失望していく生き物なのかもしれない。

沖縄料理屋の店内BGMは、アンプを修理したのか、以前よりも確実に大きな音で店内に低音が響き渡っている。フラワーカンパニーズの『深夜高速』とRCサクセションの『雨上がりの夜空に』が続けてかかって、「生きていてよかったねえ」と尚人が音楽に合わせるように言った。何年経っても、この店の選曲は変わっていない。

「お前は、どうなの？　おもろいこと、あったんでしょ？」

「あ、そうだ。聞いてくださいよ、最高ですよ、本当に」

僕は今日の石田とのやりとりを、できるだけ具体的に話した。石田が「いいから！　一回だけ！」とセミナーに強引に誘って来た終盤のシーンを再現すると、尚人はゲラゲラと笑ってくれた。

「相変わらず、持ってんな」

「ほんと、こういう運だけは強いんだよ」

ネットワークビジネスの勧誘を受けるのは今回で三度目で、そのうち過去二回についても尚人には愚痴っていた。「誘いやすい性格してんだよ、きっと」相棒は全くフォローになってないことを口にする。

「でもね、俺も少しだけ、動き出してる」

「お、マジ?」

「うん。社内異動だけどね」

いつ言おうか迷っていたけれど、このタイミングならとおもって、まだ酔いも浅い序盤のうちに、ひとつ尚人に報告したいことを伝えた。

僕の勤める会社は年に一度だけ、全社員に向けた「異動希望調査」を実施している。すぐに異動したければ「5」を書き、全く異動したくなければ「1」を書く。その中間が「2」から「4」という順番で、5段階の希望を記入できるが、この結果は直属の上司にも伝わるため、迂闊に「5」を書けば「裏切るのか」と詰め寄られることもあるらしい。

自分から動けないことが恥ずかしくなるけれど、僕はこれまでずっと「4」の「近いうちに異動したい」止まりを続けていた。やりたいことはある程度見えていたのに、実は飛び込みたい自分と同じぶんだけ「飛び込むのが怖い自分」もいたのだった。

でも、尚人の転職を受けて、その気持ちも吹っ切れた。年明けの調査で、入社以来初めて「5」を記入し、新サービスを考える企画職に就きたい旨を書いた。未経験では、望みも薄い。けれど、僕なりの一歩を踏み出さないと、どこまでも取り残されそうな予感がして、絞り出された勇気だった。

「てゆーかお前、ずっと5で出してたって言ってたじゃん！」

「いやごめん。それもう、全力で謝る。ビビってた。本当ダサいわ」

「マジダサいわー。ダサい。鬼ダサ。超絶ダサいけど、実にお前らしすぎて、もはや好き」

「ほんと、情けないっす」

「もう、願うしかないわ。その異動の成立を」

尚人は瓶ビールを掲げるよう、僕に促した。キンと鳴った乾杯音は、すぐにBGMにのまれた。

「異動決まったら、また飲み行こ」

「俺も転職決まったら、そんときは頼むわ」

互いの道の先がうっすらでも明るく見えていることなんて、これまで一度もなかったのではないか。出会ってから何年も経って、ようやく僕らは、スタート地点に立てたのかもしれない。アルバイトの男子が、ドンと音を立てて、追加の瓶ビールを置いていった。

久しぶりといっても、たかだか二カ月程度なので、近況報告もそこそこに、あとはたわいもない話が続いた。尚人は相変わらず特定の恋人をつくらず、その日その時に楽しい方向へ足を運んで、暮らしているらしかった。僕は全く浮いた話がなく、そのことで尚人から延々と説教を受けていたら、すぐに閉店の時間になっていた。

女将の姿は最後まで見られなかったので、恐らくは大学の後輩であろうアルバイトに「よろしく伝えてください」とだけ話して、店を出る。

四月は暖かいイメージがあるけれど、夜になればかなり冷え込むことを毎年忘れてしまう気がする。

「なんかさあ、周り、結婚してるやつ、増えたよね」

沖縄料理屋から駅までの住宅街をフラフラ歩いていると、夜風を浴びて少し寒そうに肩を震わせた相棒が、のんびりと話し出す。

五年前、この道を歩きながら自分たちを「勝ち組」だとおもっていた僕は、今ではすっかり負けに慣れてしまった気もする。でもそれは、もしかしたらこれまでの人生が、敗北するほど挑戦していなかっただけなのかもしれない。

尚人は二カ月前に同席した結婚式の帰り道でも、周りがどんどん結婚していく話をしていた。重たそうな曇り空に囲まれたバレンタイン前々日。営業の黒澤の結婚式で、僕と尚人は同じテーブルを囲んでいた。

「夜の営業部長」と呼ばれていた同僚も、あの風俗店に僕を繋いだ時点で、実は結婚間近だったらしい。百四十名近く集まる披露宴なんて人生で初めてだったけれど、僕がその式に呼ばれるほど彼と仲が良いのかどうかも、不明だった。もしかすると参加者の大半が、僕のように「一度だけ風俗代を払ってくれた仲」程度の関係かもしれない。「人脈」という言葉を使った石田の凸凹した顔が、今になって頭に浮かんだ。

　歴史ある大企業にいたからか、黒澤同様、社会人四年目にして所帯を持つ同僚は、少なくなかった。僕の周りでは二十五歳を過ぎたあたりから、ほどなく人生一度目の結婚ラッシュを迎えていた。例に倣って一度に三万円ずつ祝儀を包むと、あっという間に貯金は底を見せ始める。友人たちの幸せが、ダイレクトに僕の生活を苦しめていた。

　地方出身の尚人は、地元に帰れば友人に子供が何人もいたり、離婚したりしているやつもいると言っていた。その一方、現在彼が働く編集・ライター界隈では、この年齢で結婚している人は本当に稀らしい。僕の周りでは、晩婚化の報道が嘘のようにみんなバタバタと結婚していくし、環境によって、結婚観も人生観も様々なのだと思い知らされていた。

焦るつもりは毛頭ないけれど、とはいえ焦りがなさすぎること自体には、ほんの少しだけ焦る。何者にもなれず、何も身に付けられないうちに、気付けばアラサーだ。

「こんなハズじゃなかったって、いっぱい言ってきたじゃん？」焦りなんか微塵もなさそうな尚人が、引き続きのんびりと話す。

「うん」

「でも、二十三、四歳あたりって、今おもえば、人生のマジックアワーだったとおもうのよね」

「お？　どゆこと？」

んー、なんて言えばいいかなあ、と言いながら、親友は電柱の根元に唾を吐いた。

「時間とお金って、いっぺんには手に入らないって、よく言うでしょ」

「お金があっても時間がないか、時間があってもお金がない、ってやつ？」

「そう。でも、大学出て、会社に入って、二十三、四歳って、学生時代よりは金があるし、結婚してないから保険とかも入ってないし、頑張れば夏休みも確保できたし、体力あるから、オール明けで出勤とかも、できたでしょ」

「あー、そうね。体力があれば時間は作れたし、困るほど貧乏でもない、ってことか」

「そうそう。それよ。結婚すりゃ夫や妻が家で待ってるっつって飲み仲間が減るし、子供ができる頃にはローンや保険で苦しいし、子育て終わったとおもったら今度は親の介護で、全部終わった頃には、こっちの体力が残ってねーじゃん。オールで遊んで、明け方ダラダラと話して、翌日しんどいながらに会社行く。あれって若いうちしかできないことだったんだよ。だから、こんなハズじゃなかった！　って、高円寺の隅っこで酒飲んでたあの時間こそさ、実は人生のマジックアワーだったんじゃないかって、今になっておもうのよ」

いつの間にか、喫煙者になったらしい。相棒は見慣れない煙草を吸って白い息を浮かべると、またしても電柱の根元に唾を吐き、あの頃カラオケでよく歌っていた、ザ・ピロウズの『ハイブリッド　レインボウ』をサビから歌い始めた。「選ばれなかった俺らのための歌だ」と、彼が当時からよく言っていた歌だった。

確かに、尚人がいて、あの人がいて、三人で高円寺をふらついていたあの時間は、どうしようもなくて、しょうもなかったのに、かけがえのない人生のマジックアワーだった。

当時だって仕事はきつくて、思いどおりにいかなくて、悩みだっていろいろあったのに、過ぎてしまえば自由で無責任で、美しかった時間は、あそこにだけ流れていた気がする。

　退職したときより髭を整えた親友に、時の流れを感じる。時間はたくさんの過去を洗い流してくれるし、いろんなことを忘れさせてくれる。でも決して、巻き戻したりはしてくれない。不可逆で、残酷で、だからこそ、その瞬間が美しい。

　人生で一番好きだった人との大切な時間だって、記憶に残せたものよりも、知らぬ間に思い出から消え去ってしまったものの方がきっと多い。そのことがただ悲しいけれど、だからこそ、人は前を向ける気もする。

　二サビから、僕も一緒に、僕らのための歌を歌った。


　明大前の駅が見えてきたところで、ふいに打ち上げ花火の音が聞こえた。季節外れの、四月の花火。人がまばらになった駅前広場で、サラリーマンたちが空を見上げている。

「だいぶ早いな？」「たぶん、新歓シーズンのノリじゃない？」「あ、お前、ここの大学だったっけ？」「うん、母校です」「エモいじゃん」「古いだけだよ」

　ドン、ドンと、太鼓を叩くような音だけが聞こえる。辺りを見回しても、空を彩る火花は見えない。そもそもこんな時間に、花火の許可なんか降りるわけもないだろう。周りに迷惑をかけることが青春だと、勘違いしていたあの頃を思い出す。

「花火を見てるとき、大人が子供ほどはしゃがないのは、なぜか知ってる？」

「わからん。なんで？」

「いつか誰かと見た花火を、静かに思い出してるからなんだとさ」

「あー、なるほどね」

実際、この音を聞いてあの人と一緒に見た隅田川の花火を思い出していた僕は、その回答に納得せざるを得なかった。私服でふらりと出かけて、屋台で買ったタコ焼きと焼きそばを頬張りながら、缶チューハイで乾杯したあの夜。道の端に二人で腰掛けて、高層ビルによって欠けた花火を見て「こういう夏もいいよねえ」と言っていた彼女もまた、別の誰かとの花火を、思い出していたのかもしれない。

「まあ、ツイッターに書いてあっただけだけどね」

感傷的な空気に耐えられなくなったのか、尚人は茶化すように付け加えた。僕はそれに「出典がしょぼいよ」とだけツッコむ。音だけが響く季節外れの花火は、不安定なリズムで鳴り響いている。

改札前まで来たところで、ふと思い立って、僕は旧友に声をかける。

「ちょっと俺、寄りたいところがあるから、ここで」

「あれ、別の飲み？」

「いや、ちょっと、散歩して帰る」

「ああ、元カノとの思い出の、聖地巡礼？」

「そんな言い方ある？」

「アタリかよ！　この歳になっても相変わらずメンヘラこいてんの、ブレなくて好きだわ」

「うるさいよ」

　ウへへと笑って、尚人はヒラヒラと片手を振る。

「転職決まったら、また連絡するわ」

　そう言い残して振り向くと、彼は悠々と改札を抜ける。相変わらず、一度別れを告げたら、もう振り返らない。

　選ばれなかった僕らのことばかり歌っていた彼こそ、僕が選んだ親友だった。少し背筋が丸くなった気がする後ろ姿を見届けながら、僕はもう一度、『ハイブリッド レインボウ』を、イントロから口ずさんでみる。

　甲州街道を跨ぐ歩道橋の階段を上り始めると、花火の音は聞こえなくなった。代わりにパトカーのサイレン音が複数聞こえて、度を超えた青春に、幕が下りる気配がする。

頭上を走る首都高と、足元を這う甲州街道。そこに挟まれるように敷かれた歩道橋は、いつも少し揺れていて、心細さを残す。この歩道橋を渡ることも、卒業してからはほとんどなくなった。彼女と出会ったあの夜と同じように、酔い醒ましにはちょうどいい夜風が今日も吹いている。

キャンパス横の駐輪場を抜けて、急に暗くなった細い道を歩く。フェンスの向こうで、井の頭線が走り抜ける音がする。急行が各駅停車を追い抜いて、先へ先へ。取り残された水色の各駅停車は、じれったさを表現するようにゆっくりと走る。

街灯が少ない割に、やけに明るい夜だった。見上げれば、さっきは気付かなかった大きな月が、それ自体が光るようにくっきりと夜を照らしていた。

月明かりが眩しい夜にあの人を思い出してしまうのは、きっと出会った日も、それからの甘く熟れていた夜も、こんな風に明るい月が僕らを照らしていたせいだった。あの人は、真夜中になると「コンビニ行かない？」といつも僕を誘った。拒否権なんてなかったし、僕も彼女の習性に付き合うのが好きだった。

彼女は春になると、名残惜しそうにおでんを買った。好きなおでんの具は一位がたまごで、二位がはんぺんだった彼女は、そんなところまで僕と似ていた。夏になれば新作のアイスを片っ端から買った。いつもパピコばかり買っている僕とは、真逆の存在のように感じた。秋になればさつまいも味のあらゆる菓子に手を出した。品評会のように語る彼女の横を歩くのが、いつだって好きだった。冬はあんまんの半分をいつも僕にくれた。食べ歩きするとすぐに溢す彼女は、餡子を口の端に付けたまま、よく笑っていた。

　その全ての時間に、月がぼんやりと浮いていた気がする。そのせいで僕は、夜中にコンビニに入るたび、あの人のことを思い出しては途方に暮れていた。

　きちんと面と向かって「さようなら」できた二人は、名残惜しさや寂しさの引力によって、近いうち、もしくは数年後に、再会を果たすケースが多いのではないか。逆に「さようなら」すら言えずにロクでもない別れ方をした二人は、二度と交わることもないまま、平行線の人生を歩んでいくものではないか。

「さようなら」という言葉に込められた矛盾に、僕はほんの少しの期待を抱いていた。彼女と交わした「さようなら」は、どう考えても、美しすぎた。

　インスタグラムで彼女のアカウントを覗けば、画面には幸せそうな最新の彼女が映っている。僕といるときはアウトカメラで切り取られた風景写真ばかりだったカメラロールは、今ではインカメラで切り取られた自撮り写真でほとんどが構成されている。

　自撮りされた彼女は相変わらず綺麗で、僕のことなんてこれっぽっちも覚えていないような笑顔をしていて、そのすぐ横に、夫の顔がある。夫の顔は、正面から見たら僕とは全く異なるのに、横から見てみれば、確かに僕に似ていた。

その事実を目撃するたび、いつでも悲しみに暮れるのだけれど、僕は懲りずに何度も彼女のアカウントを覗いてしまうのだった。本当にこの人を愛したんだっけ、愛してもらっていたんだっけと、ぼんやりと画面を見つめて考える時間が、過去と現在を繋いでくれていた。

高円寺の家にいた頃の僕らは、空ばかり見ていた気がする。その間、僕は彼女を想い、彼女はほかの誰かを思い浮かべていたのかもしれない。

何千キロ離れていても同じ空であることを告げるあの白い月が、嫌いでもあった。盲目的だった恋に光を射し込むあの月のせいで、露わになる冷たい現実に、何度泣いたかわからない。

それでも、僕はあの月明かりの下で見た彼女の横顔が、酔っ払った顔が、求める顔が、おもいきり笑った顔が、怒った顔が、泣いた顔が、何よりも好きだった。どれだけ周りがやめとけと言っても、たとえ法律や常識や正解が、二人を許さなかったとしても、僕は彼女と一緒にいたかった。こんなハズじゃなかった人生を、最後まで一緒に歩んでみたいと願ってしまった唯一の人だった。

明大前の小さな公園。
誰もいない遊具の上には、缶のハイボールが二つ置かれている。
写真でも撮ろうかとおもって、スマホを取り出す。
そこで、気が付く。
携帯電話、なくしたみたいだ。

解説

松本花奈

２０２０年７月。

小説『明け方の若者たち』を読み終えて、私は強い衝動に駆られた。座っているのが窮屈で、ひとまずカフェを出る。いつも通りイヤフォンをして、音楽を聴きながら渋谷の街を歩く。自作のプレイリストから流れてくるのは、ＲＡＤＷＩＭＰＳ、きのこ帝国、マカロニえんぴつ。空には、うっすらと月が浮かんでいた。帰りの電車でスマホの写真フォルダを遡っていたら、あの人とのツーショット写真なんかが出てきて、思わず目を逸らす。こんなにも自分の生活に入り込んでくる小説は、初めてだった。〝僕〟と〝彼女〟の関係性が、発する言葉が、感じる想いが、あまりにもリアルで、どうしてもこれがフィクションだと思えなかった。二人はきっとこの街のどこかに、いる。いや違うか。私自身が、〝彼女〟だったのかもしれない。

翌朝目が覚めると、まだ朝の5時だった。もう一度目を瞑(つむ)ってもなんだか寝付けず、カーテンを開けてみる。薄明かりが部屋に差し込む。窓から見える明け方の空は、綺麗なブルーに染まっていた。空を見上げながら私は、あの人のことを思い出す。自分以上に好きになれなかった、あの人のことを。寂しさに負けてしまった、過去の私を。いてもたってもいられず、もう一度小説を手に取り、読む。そうして気づかぬうちに〝僕〟とあの人を、〝彼女〟と私を重ね合わせていた。太陽が昇りすっかり外が明るくなった頃、二周目を読み終えて、改めて思う。『明け方の若者たち』を映画にしたい。その衝動は次第に抑えられなくなっていった。

*

好きな人の好きなものを、好きになりたい。〝僕〟はそう願い、〝彼女〟が好む食べ物や演劇、音楽を好きになっていく。春夏秋冬、朝昼晩を何度も一緒に過ごすうちに共感できることも増えていく。だけど、どれだけ距離が縮まったと思っても、二人の「好き」のベクトルが交わることは最後までない。〝僕〟は一番に〝彼女〟が好きで、〝彼女〟が一番に好きなのは、自分自身で。自分以上に、相手を大切にできなかった〝彼女〟を、ヒドイ女だ、と思うだろうか。どうしてそんな人と三年半も一緒にいたのだ、と〝僕〟を蔑むだろうか。それでも――。〝僕〟と〝彼女〟の過ごした時間には、ちゃんと意味があったはずなのだ。

〝彼女〟と出会うまでの〝僕〟は、誰かの意見や考えを、まるで自分の意思であるかのように思い込んで生きてきた。大学生にもなって童貞でいるのはダサいとか、友達は多ければ多い方がいいとか、大手の会社に入るのはすごいことなんだ、とか。そういう社会の空気感の中に身を置いて、何の違和感も覚えずにいた。でも、〝彼女〟は違った。他人と違うことを恐れず、どこにいくかではなく、何をしたいか、で将来の道を決めている。自分の気持ちに素直な人だった。そんな価値観の〝彼女〟と一緒にいることで、〝僕〟の世界は大きく広がっていった。

〝僕〟が出会うべくして出会った人がもう一人、親友の尚人だ。会社で、希望の部署に配属されなかった〝僕〟の辛さは、同じ境遇にいる尚人が誰よりもよく分かっていたはずだし、失恋した〝僕〟に対して、安易に「早く忘れて次、いこうぜ」なんて言わずに「失恋の傷は、異性で癒そうとするな、時間で癒せ」と諭す尚人は、信頼できるヤツだろう。〝僕〟が、こんなハズじゃなかった人生で腐りきらずにいられたのは、間違いなく彼のおかげだ。

＊

2020年9月。

『明け方の若者たち』の映画化が決まった。あれからまた擦りきれるほど読んだ小説を、映画にできることが嬉しくてたまらなかった。大切な作品を託して下さったカツセさんに、感謝と敬意の気持ちを抱きながら、準備は進んでいった。

プロデューサーの中島さんとは、「リアルな同時代感」と「共感性」というキーワードを基に世界観を構築した。「小説読んで、俺の話じゃんって思ったわ」「いや、私の話ですから」そんな会話を何度もした。クジラ公園、ヴィレッジヴァンガード、本多劇場、エイリアンズ、純情商店街。彼らがいた世界観を忠実に再現したかった。だからこそどうしても、その場所で、その音楽でなきゃダメだった。緊急事態宣言の発令や、建物の取り壊しなどもあり、どうにもならないこともあったが、その中でも常に最善の選択をしてきたつもりだ。

脚本家の小寺さんとは、構成を考える段階から、様々な案が上がっていた。年月をchapterで区切ってみせるとどうだろうか？　〝彼女〟視点で〝僕〟を描くシーケンスがあってもいいんじゃないか？　〝僕〟のモノローグは入れた方がいいかどうか？……などど。正義や常識なんて、もう全部どうでも良くなってしまうような恋に、ハッピーエンドは用意されていないのかもしれない。でも、それでも二人でいたいと願った〝僕〟の深い愛に汚れはないことを、どうか分かってほしかった。それだけ誰かを愛した〝僕〟を、ほんの少しでいいから称えてほしかった。そう感じてもらえるように、沢山議論をして、脚本をつくった。

２０２１年2月。

〝僕〟役の北村匠海さん、〝彼女〟役の黒島結菜さん、尚人役の井上祐貴さんらと共に撮影が始まった。北村さんはずっと、等身大の〝僕〟として現場にいた。〝僕〟はきっと、ちょっと不器用で、カッコつけようと思ってもできなくて、まっすぐで。そんな〝僕〟が嬉しくなると、私もなんだか嬉しくなって。〝僕〟が苦しくなると、私も胸がギユーっとなって。北村さん演じる〝僕〟の感情とリンクするように、私の心も動いていった。

黒島さんは、この役は彼女以外では考えられなかった。小説では、〝僕〟の記憶の中の存在として〝彼女〟が描かれていたが、映画では、一人称としての〝彼女〟がちゃんと存在していたように思える。悩んだり、傷ついたり、立ち止まったりしている〝彼女〟もまた、魅力的だ。

井上さんは、想像以上にイケメンなヤツとして、尚人を演じてくれた。イケメンというのは、勿論ルックスだけのことではなく、人間性としても、だ。〝彼女〟の秘密を知っていながらも、ただ二人といて楽しいから、一緒にいる。友人であれ、相手の選択に口出しはしないし、かといって突き放したりもしない。その距離感がとても心地よかった。

＊

明大前でのロケが終わり、電車に揺られながら、日付けが変わったことを確認する。明日はお休みだ。何をしようか。ついさっきまで撮影していて、まだアドレナリン的なものが出ているからか、しばらく眠れそうな感じもしない。夜が明けるまで、あと数時間。それまでもう少しだけ、今までのことを、あの人のことを、あの明け方の空のことを、考えていたい、と思った。過去を思い出すことは、それほど悪くないのかもしれないから。忘れかけていた、いや忘れようとしていた記憶を失わずにいられたのはきっと、この小説と出会えたからだろう。

――映画監督

この作品は二〇二〇年六月小社より刊行されたものです。

幻冬舎文庫

●好評既刊
陸くんは、女神になれない
田丸久深

高校生の一花には秘密がある。思いを寄せる幼馴染・陸の女装趣味に付き合い彼の着せ替え人形になっている事だ。少年少女たちの恋心と、秘められたセクシャリティが紡ぐ四つの優しい物語。

●好評既刊
ドS刑事 井の中の蛙大海を知らず殺人事件
七尾与史

マヤに一服盛られ、〝ハネムーンの下見〟のために豪華客船に〝拉致〟された代官山。しかしその船には「マモー」と名乗る人物による時限爆弾が仕掛けられていた。人気シリーズ第六弾！

●好評既刊
20歳のソウル
中井由梨子

夢を抱えたまま、浅野大義は肺癌のために20年の生涯を終えた。告別式当日。164名の高校の吹奏楽部OBと仲間達による人生を精一杯生きた大義のための1日限りのブラスバンド。感動の実話。

●好評既刊
ひねもすなむなむ
名取佐和子

自分に自信のない若手僧侶・仁心は、ちょっと変わった住職・田貫の後継として岩手の寺へ。悩みの解決の為ならなんでもやる田貫を師として尊敬するようになるが、彼には重大な秘密があり……。

●好評既刊
メガバンク全面降伏 常務・二瓶正平
波多野聖

株式市場が大暴落し、TEFG銀行は全ての融資先を見直すことに。そんな中、政治家たちの口座情報が次々と盗まれる。人質は、彼らの莫大な預金。犯人の要求は、そして黒幕は一体誰なのか。

幻冬舎文庫

●好評既刊

20 CONTACTS 消えない星々との短い接触

原田マハ

ポール・セザンヌ、フィンセント・ゴッホ、手塚治虫、東山魁夷、宮沢賢治——。アートを通じ世界とコンタクトした物故作家20名に、著者がいちアートファンとして妄想突撃インタビューを敢行。

●好評既刊

恋はいつもなにげなく始まってなにげなく終わる。

林 伸次

燃え上がった関係が次第に冷め、恋の秋がやってきたと嘆く女性。一年間だけと決めた不倫の恋。女優の卵を好きになった高校時代の届かない恋。バーカウンターで語られる、切ない恋物語。

●好評既刊

祝福の子供

まさきとしか

母親失格——。虐待を疑われ最愛の娘と離れて暮らす柳宝子。二十年前に死んだ父親の遺体が発見され父の謎を追うが、それが愛する家族の決死の嘘を暴くことに。〝元子供たち〟の感動ミステリ。

●好評既刊

一度だけ

益田ミリ

夫の浮気で離婚した弥生は、妹と二人暮らし。ある日、叔母がブラジル旅行に妹を誘う。なぜ自分でなく、妹なのか。悶々とする弥生は、二人が旅行中、新しいことをすると決める。長編小説。

●好評既刊

善人と天秤と殺人と

水生大海

努力家の珊瑚。だらしない翠。中学の修学旅行で人が死ぬ事故を起こした二人。終わったはずの過去が、珊瑚の結婚を前に突如動き出す。女二人の善意と苛立ちが暴走する傑作ミステリ。

明け方の若者たち

カツセマサヒコ

令和3年11月15日　初版発行
令和6年12月15日　3刷発行

発行人――石原正康
編集人――高部真人
発行所――株式会社幻冬舎
〒151-0051東京都渋谷区千駄ヶ谷4-9-7
電話　03(5411)6222(営業)
　　　03(5411)6211(編集)
公式HP　https://www.gentosha.co.jp/
印刷・製本―中央精版印刷株式会社
装丁者――高橋雅之

幻冬舎文庫

ISBN978-4-344-43139-3　C0193　か-53-1

この本に関するご意見・ご感想は、下記アンケートフォームからお寄せください。
https://www.gentosha.co.jp/e/